傾聽我 接住我

子瓏 著

目次

落下

落下，在青藍的天空逐漸擴張時
落下，任由風和重力互相拉扯，容不下情緒和思想
落下，一切將變得不同
轟，轉為紅的瞬間，藍天出現一聲雷響，人們紛紛出來見證

第一章

下課鐘響

在一個晴朗的午後，準時的西敏鐘聲[1]不顧周遭影響照舊敲響著自身，預告時間的到來，比起熟悉的音調，人們更在乎的事，是這短暫的前奏裡，多了些許物品斷裂的雜音，和一陣巨大聲響，覆蓋了原本鐘聲帶來的提醒用意。很快的，在響亮又刺耳的救護車嗡嗡結束後，西敏鐘聲接著繼續敬業地響完剩餘的音節。當天的地方晚報內頁中，寫著聳人聽聞的標題：台東成功鎮一名三十歲獨居女子疑為情所困，在派特街十一號的自家處墜樓，昏迷指數3，初步判定為自殺未遂。

「胡說！我的家人又在亂說話了！簡直胡說八道！」我捏著手上的報紙，變形的字句也傳達不了我此刻的心情。

事情發生後，我暫時回到了每個人死後都會回去，屬於自己的地方——家——並接受上帝的審判。審判？除非我真的死了。突如其來的返家，儘管一身疲憊、滿身傷，沒有征討出一個好樣子的風光旅程，還帶來些許憤怒和不甘心。我以為不會有人知曉，但當我一身輕裝，出現在家門前時，居然有人在門口等著我。熟悉的一大片花園中有棵大樹，右手邊有一層樓高的大水車。

底下是條滾滾流淌的小河；大水車緊鄰著就是兩層樓的大房子，左側依舊是一片花園，而祂就在進花園的柵欄門口等著我。

「好玩嗎？人間。」祂說。一身白色長袍蓋住祂高大的身軀，像個身體健壯的老爺爺般，兩

[1] 英國大笨鐘所使用的鐘聲，某些國家或是地區也會以此作為上下課的鐘響。

手交叉在身前向我問道。

「我不知道發生什麼事了。」但我倒是很清楚現在身處在哪裡，對這裡的規則，比我在人間的記憶還清晰。這裡沒有時間的概念，與人間相比，也許人間的一分鐘，只是我們眨一次眼的時間，大概吧，畢竟這裡不是用時間來衡量的。不過我也很擔心祂會罵我，也許我做了不該做的事情，為了離開那個充滿不快樂、到處是陷阱，卻有著會讓人意猶未盡，一再而三前往的魅力所在——人間。

「或許妳進來繼續看就會知道了。」祂說。我們穿過花園長廊、白色門口有兩根白色石柱堅守著家門，腹地廣大卻又平靜而樸實，一樓主客廳只有一張木頭桌子和椅子，右手邊是往樓上的原木樓梯，接著是開放式小廚房和餐桌，二樓靠近水車的方向，有一間占據了半間屋子的半圓形書房，窗戶是落地窗，在落地窗的對面則是整片高至天花板的書櫃牆，擺滿各類書籍，在角落有個ＬＥＤ桌檯，這書房堪稱是屋內最氣派豪華的地方。而樓梯的另一邊就是我的房間了，對外的窗戶照亮著我的床鋪，窗戶旁有張擺放著些許保養品和飾品的古典化妝台，再來就是分為上下兩層的衣櫃，裡頭掛著幾件鄉村少女風格的樸素連身洋裝，袖口和裙襬有著荷葉邊，款式都差不多，看起來像是睡衣，但挑件顏色鮮豔點的，再加件披肩當外出服的話，又不失禮，看著很舒服且典雅。

我們進屋後，一樓的桌上擺了一份來自人間的晚報——可能是一份報紙或是訃聞，當回到這裡，在人間最後跟自己有關的資訊，通通會被送到自己的屋子裡。

斗大的標題之下，內容寫著：「下午一點十五分時，一名三十歲獨居女子，被人發現從自家公寓五樓的陽台上墜樓，過程中撞擊到一樓的遮雨棚，最後墜落在無人的巷子中。十五分鐘後被救護車送往民生醫院救治，目前昏迷指數為3。據在場的女子母親和弟弟敘述，該女罹癌康復後受不了男友劈腿的打擊，選擇跳樓，詳細情況警方正調查中。」最後一段寫著：「珍愛生命　暢遊人生　支援專線：900461」短短幾個字映入我眼簾，喚起了一些記憶。

「我根本沒交男朋友，但我的確生病了。」我說。

「我記得那時候在醫院裡，我躺在床上病懨懨的，身旁有那些我不熟的家人。我尷尬又害怕，覺得自己像是躺在砧板上待宰的魚肉，好像我不配合演出的話，鋒利的刀子就會開始在我身上遊走。哼！醫院真的是炮製感傷情懷的好地方，那些看似真情流露的表現，都在逼我配合演出和解的戲碼。」我冷靜下來後繼續說：「我想，我過分認真地參與了這個家的太多事了。長期且不停歇地介入我家人的人生。」我開始不說話了，為了我自己。我花了太多時間在這上面，我想我最後還是沒成功。也許真如標題所說，我最後是自殺未遂。

在這裡每一個靈魂被打造出來時，都有屬於自己的特質，有好有壞沒有來由，且難以改變，就像是上帝給的一份禮物一樣。不，我會說是像上帝蒙著眼睛發的牌一樣，會拿到什麼牌，單純機率問題，就看你要不要參加。打牌地點在人間，一局花費的時長由上帝決定，你對此一無所知。透過在人間感受到的體驗，一點一滴地提升自己的牌技、累計經驗值。要怎麼使用手上的牌、打出屬於自己的人生，全憑個人本事。結局的好壞不以輸贏決定，取決於當事者的感受，有些人覺得不後悔參加賭局，在死後可以去他該去的地方，休息到他滿意為止；若是違反規則提前下線，或是拿了牌沒打好、做了自己無法承擔的抉擇，最後逗留在人間，就是俗稱的賴皮鬼，就會被轉移到其他相關單位處理。若不屬於上述二者，失禮地強迫他人退賽的話，只能自求多福了——那已經完全超出劇情可接受的範圍，抹不去的特殊氣味，是逃不掉的罪。我想，也許我就是犯規的人。

「我忘記我的本名了，我記得我的名字跟花有關。」我很怕知道真相，或是說透過祂來知道，所以在祂開口提及之前，說了個不要緊的話題。

「也許是叫莉婭（Leia）吧！那是我賦予的名字。」祂說。

「噢，是的，沒錯。很美的名字，但為什麼是這個名字呢？它只是聽起來很『美』。」莉婭說。好的寓意是種祝福；帶著諷刺意味的則如同詛咒。再者，試圖裝出有興趣的樣子，有機會可以逃避一下真相。但上帝似乎沒有要回答的打算。

「我是編劇，妳忘了嗎？」祂說。

對。靈魂擁有個人特質後，便會收到一本劇本，準備參加一場電影演出，每個人出場的時間固定。出場後，身旁會有無數個攝影機跟拍，劇本則是留在每個人的雙手上，就像QR code一樣，忘詞的人，去找提詞機掃描一下，劇本就會出來了，但通常不會有人這樣做，上帝喜歡大家即興演出，這樣才夠真情流露、別出心裁。乖乖照劇本走的人上帝不愛，而且上帝喜歡私下偷改劇本，再加上祂還有一群觀眾要滿足。

「沒忘……但總得要有個好的意思吧？」莉婭說。

「家，也許不是指妳出生的地方；花，也有值得讓人欣賞的精神象徵。」祂說。

「我是自殺的嗎？我還活著嗎？」莉婭問。受不了等待，也找不到其他話題，不如莉婭主動問。

「那不重要，妳有一份任務。」祂說。

「什麼？我可能無法達成你的期望，你看我都做了些什麼！」莉婭說。

「妳本是天使。」祂提醒莉婭道。

莉婭暗自咒罵了一聲。天使是導演御用特技演員，福利與他人差不多，除了擁有基本個人特質以外，還有著比一般演員更堅韌的意志力和頑強的勇敢，這樣的設定是把雙刃劍，看似比其他人能活得更遊刃有餘，但實際上是來人間受苦的。說到受苦，人的一生中最脆弱、最容易塑形的時候，就是孩童時期，所以如果遭遇了不忍卒睹的童年，有些天使就可能熬不過，甚至會忘了回家的路、忘了自己的本能，因此受困在人間，徘徊不去成了賴皮鬼，或是跑到對面陣營去；有些天使會在一切發生前，使用特權跳脫當人類的選擇，去當其他物種，但若是被導演欽點指名的話就沒辦法了。唯一小確幸是，若臨時被導演徵召，就能提前結束這回合。

「妳要去重新審——」祂似乎被其他事情給吸引，語句像是未說完的話。

「重審什麼？這並不公平！若是沒辦法被救活，至少讓我休息一陣子吧！」莉婭沒注意到這細節並抗議道。

「這任務是妳現在必須做的，妳只有二十四個月的時間。」祂回過神來後轉換成冷靜又嚴肅的語氣。話音甫落，四周便起了變化，像似萬花筒般，一切景色開始往同一個方向扭曲、融合，再不同的事物最後都成為一體，顏色漸淡，最後幻化成霧狀，連同莉婭一併吞噬。

第二章

新家

1 睜眼

四月十日的夜晚，一陣刺眼的光照得莉婭睜不開眼。莉婭看不見，只聽到些許悶響。莉婭感到很脆弱，彷彿身體被剝奪了很多東西，從沒感受過自己身體是這麼軟弱無力。

「噢！這個小傢伙有點不對勁，牠好像沒有呼吸了。」一個聲音這麼說。

撲通、撲通、撲、通、撲通、撲、通——貓咪先天性心臟畸形：右心衰竭，其症狀會有呼吸急促、不耐運動、皮下浮腫等，其中最常出現的是在出生後不久即陷入重症。

因為狀況不佳，莉婭被單獨隔離在一個籠子裡飼養，直到六個月大。獸醫說若顧得好，可以免去手術，然而就在一切看似要好轉的那天，莉婭的狀況卻急轉直下，突如其來的急救手術，加上前半年的醫療開銷，讓莉婭的原主人開始負債。獸醫表示接下來的六週將會是關鍵期，撐過去就能穩定下來。但是這六週的醫藥費，已讓莉婭的原主人承受極大的經濟壓力，所以當莉婭清醒康復後，已然身在動物收容所中心，他們說莉婭很幸運，因為接下來將有一週時間爭取領養的機會活下去。

「我才剛死。」莉婭想。「噢，但我不確定上帝在玩什麼把戲，我的小屋裡沒有關於我的死訊。」。

清醒後第五天，十一月二十二日，十二點。

時不時地微微喘氣，時而昏睡時而清醒，手術過了五天，莉婭覺得自己還是很虛弱，很想睡覺，因為被認為是青少年了，所以莉婭其實又多挨了一刀。莉婭清醒時，幾乎把力氣都用在抵抗吃藥，莉婭根本無暇擔心兩天後會發生什麼，也無心跟上帝計較怎麼自己會變成了一隻貓。

清醒後第七天，十一月二十四日，十六點。

莉婭終於稍微有體力可以望向籠子外的世界。這裡不大，所以只能依動物在此逗留的剩餘時間來安排位置，時間剩越少的動物，位置會被移到靠近櫃檯透明窗的位置，好讓客人一進來就能看見。雖然各自被關在籠子裡，但是貓狗不分身體狀況，都被放在同一房間裡，難怪莉婭睡覺時，偶爾會聽到隔壁傳來嘶吼：一隻情緒不穩的成犬，喜歡對著對面的小貓吼吠並作勢要衝向牠們。樓上的貓咪排泄物，也是直接滴落在莉婭小小的身軀上。滿屋子都是焦躁的氣味。莉婭能活到最後一天等著被安樂死，而不是被嚇死或因傷口感染而死，也算是一種幸運吧。

動物收容所還有一個小時就要打烊了，這代表莉婭還有一小時可以活。外面下著大雨，莉婭喜歡這種天氣，可以讓溫度降下變得涼爽，可以讓吵鬧的城市冷靜些，雨的味道也讓莉婭感到安心，莉婭想到這是因為只要下雨，原主人就會待在家陪自己，雖然莉婭無法適時給予他回應，也不常與母親相處，但莉婭能感覺得到，他們都很替自己擔心。莉婭甚至還記得當自己要陷入昏睡前時，莉婭的母親是第一個發現的，牠不停地喵喵叫，好讓主人注意到莉婭。莉婭的籠子被打開，牠就開始不停地舔，似乎是希望莉婭保持清醒，但恍惚聽見幾聲喵喵叫聲後，莉婭就不省人事了。

清醒後第七天，十一月二十四日，十六點五十九分。

莉婭可以透過身後的玻璃牆看到櫃檯小姐整理完文書工作，並最後確認明天的手術名單；確定莉婭在名單裡後，她看了莉婭一眼，那是一個陷入職業倦怠期、覺得處理莉婭的死將會增加她明天工作量的眼神。她起身走向櫃檯正前方的大門準備上鎖，一把大門鑰匙，還有能解放這一屋貓狗的一串小鑰匙，就掛在她穿的藍色牛仔褲子上。那串鑰匙隨著她一步一晃的搖擺撞擊在屁股上，那清脆的聲響，就像是在為莉婭的生命倒數般，讓人很難不盯著看她豐盈的臀部。

哐啷，在櫃檯小姐的手要觸及門把前，門被推開了。

「不好意思，不好意思，可以讓我看一下貓咪們嗎？」一名渾身溼透的女子懇求著櫃檯小姐。她一頭呈現稍微亮橘色的中長捲髮，在被雨水和汗水弄花的妝容下，是一筆高挺的鼻梁和長滿雀斑的白皙臉頰，而這些狼狽都遮掩不住她那雙炯炯有神又帶點歉意的大眼睛。

「好吧，只給妳五分鐘。」她上下打量了一下女人後說道。

「謝謝妳，謝謝。」女人走進收容所後看了看四周。在這樣的雨夜裡，這女人穿得其實滿鮮豔的。因為隔著玻璃窗，嗅不到她身上是否有酒味，不過她看著像是晚上喝酒與人打賭賭輸了，來這裡要領養隻寵物回去交差的感覺——她一雙卡其色超高跟鞋短靴、緊身亮藍皮褲、白色棉質上衣，胸前有著亮片組成的貓咪圖案，再配上一件亮色黃皮外套，手上還拿著一個亮藍色的短皮包。

似乎是被雨天打溼了衣著上的霸氣，她的行為舉止實在與穿著不搭，女人乖巧地沿著櫥窗依序開始看，當她看向莉婭這裡時，莉婭嘗試努力著站起來看著她，莉婭籠子的高度剛好可以與她平視，這時櫃檯小姐說道：「這傢伙剛經歷了一場大手術，天生心臟就不好，妳要養她的話口袋可要夠深喔！牠的前主人就是因為付不起龐大的醫療費，才放棄養牠的。」

莉婭則是透過她看著自己的瞳孔中，看到了莉婭自己，一身黑色短毛皮膚，胸前一圈白色毛，莉婭還真的變成一隻貓了，真是不可思議！

「喵。」莉婭都還沒講話過呢！聽到自己貓叫時還嚇得往後跳了一步，這才發現莉婭自己的眼睛有一點不一樣。

「藍色和綠色，她的一雙眼睛顏色不一樣。這對牠沒什麼好處，少部分會影響聽力。」櫃檯小姐說。

女人露出興奮的笑容看著莉婭說道：「這隻我要了！我要養這隻貓！」

2 主人

領養莉婭的女人名叫卡珊卓（Cassandra），三十歲，一七〇公分，英法混血女孩，住在英國的蘇格蘭西海岸，二十六歲左右曾在日本生活三年，其中一站是日本的外島——默散島，這座島沒有大學，是超級高齡化社會。那裡的海水透澈、乾淨，絲毫聞不出任何大海的腥鹹味道——也許這就是大海本該有的原樣——深處的珊瑚礁群，或者海龜、魚群，能夠穿透清澈、無味的海水來到眼前，隨著海波浪和灑下的陽光，真的是閃閃動人、一覽無遺。這因著水深深度不同而出現從淺綠、碧綠到天空藍、深藍等各種顏色漸層的大海，讓卡珊卓深深愛上了這座小島，宛如一見鍾情。她在心中許下諾言，總有一天還要再來。

剛回國的卡珊卓目前在當地學校當代理老師兼旅遊部落客，喜歡著緊身衣褲，儘管全身包緊緊的，卻能從緊身的曲線看出她的好身材。晚上時，莉婭特別喜歡趴在她胸部上睡覺，不是因為莉婭是公的就這樣，而是因為要找一個柔軟又有縫隙可以呼吸，而且還能清楚聽見她的心跳聲、讓莉婭能感到安全的地方，就只有她的胸部了。

卡珊卓喜愛黑白設計的視覺藝術，除了她一個月固定一次去夜店瘋狂時會有專屬的衣物外，衣櫥裡頭無不是黑條紋、黑白點點等色調的衣物，閒來沒事也會把自家家具換上黑白色彩，浴室的門簾、桌燈、壁畫，甚至是客廳的桌椅等，不論圖形，只要變成黑白色調即可。但這方面的品味至少都比夜店裝好看多了。

莉婭猜想她會領養自己的部分原因是因為顏色，莉婭全身黑，但在領口處卻有一圈白色，像是某種象徵。

從卡珊卓身上，莉婭嗅得到她對人類充滿愛和信任，對於他人講的話幾乎不抱任何懷疑。個性天真爛漫的卡珊卓不知道是否曾經後悔領養莉婭這個可憐的東西。櫃檯小姐說得沒錯，養莉婭的確有風險。

「你讓我感到安全。」她拿了醒酒器倒出已醒了五個小時左右的紅酒，坐在沙發上拿著高腳杯望向莉婭，看著莉婭的異色瞳，突然開口對莉婭說道。

卡珊卓的家一個人住算滿大的，總共有兩層樓，一樓有開放式的廚房、一張雙人沙發加一台電視，電視兩旁有個高二點五公尺的雜物櫃，和一個高兩公尺的書櫃，旁邊還有一個小儲藏間。二樓是主臥室外加一個單人房，我們時常待在一樓，只有睡覺休息時，才會到二樓去。

「看著你就覺得心安，我雖然只是學校代理的老師，但我一直在努力，想成為一個值得學生信任、依靠的老師，幫助更多人。但這不容易，需要花很多時間和精力，很容易會操壞自己。」她的聲音變得沮喪。

接著她換了個更舒服的姿勢喝了口酒，拿起了一些起司塊咀嚼了幾口躺在沙發上說：「我該給你取個名字。馬文？威爾？沃爾德？」她想了一下說：「陶德？噢！不要陶德，我認識一位住在英國，名叫斯維尼・陶德的傢伙，我很欣賞他愛妻又顧家的個性，但他的一生太可憐了。」

莉婭盯著她。

她想了一下繼續說：「莉婭？雖然是女生的名字，但我想你不會在意。印象中我有個雙胞胎姊姊，或是妹妹，在還很小時就被迫分開。我是猜的啦，因為家族裡從沒人提起過，但我能感受得到她的存在，我一直都能。」正當卡珊卓打算繼續說時，她聽到了莉婭的叫聲。

「喵。」莉婭站了起來，轉了一圈換了個姿勢後繼續趴著。「天啊，我是狗嗎？我應該要學一下貓咪的動作才對。」莉婭心想著。

「太棒了！卡珊卓和莉婭！」她雙腿交叉斜靠在沙發椅上，舉起酒杯和一隻腳，高興地歡呼了起來。

接下來三個月，卡珊卓去上班後莉婭幾乎都待在家，莉婭每天都覺得疲累，幾乎都在睡覺，直到有一天，一位訪客到來。

第三章

畫畫比賽

不得不說卡珊卓濫好人的個性有點危險。她特別愛孩子，時常大方邀請他們來家裡坐坐交朋友，莉婭都無法理解她從哪找那麼多孩子來家裡！莉婭真慶幸卡珊卓沒被警察當作人口販子抓走，這樣自己才有飯可以吃。

今天來了一位男孩，平常跟卡珊卓感情很好，他住在卡珊卓家的隔壁，是鄰居家的孩子，但當他還沒踏進門口時，莉婭就嗅到了自卑和憤怒。他名叫亞當（Adam），今年十歲，身體瘦弱，有點駝背，無神的眼神、兩片薄薄的嘴唇加上讓五官看起來更不起眼的白皙皮膚，還有一頭總是剛睡醒的金色短髮，講話時嗓音很小。

晚餐時間，莉婭正慵懶地趴在地上吃著乾飼料，突然門鈴大作，還伴隨著敲門聲，卡珊卓趕緊去開門，門外的亞當看到卡珊卓就哭了起來，臉上的黑眼圈更加明顯了。

「我的媽媽不愛我，卡珊卓。」亞當說。

莉婭吃完了最後一口飼料，跳到電視旁最高的櫃子上休息，免得被強烈的情緒壞了好眠。

「我第一次考了前三名，但我媽媽不高興。」亞當接著說。

卡珊卓讓他坐下，端了杯果汁和炸魚薯條給他，要他休息一下再說。

「噢，亞當，冷靜點，你考到前三名很厲害了耶！你該為自己感到高興才對。」卡珊卓露出開心的樣子說道。

亞當一口氣喝完了果汁，補充前十分鐘流失的淚水，莉婭想他是哭著走來的。

「我是很高興，但我媽媽卻說：『搞不好你只會有這麼一次考到前三名。』她為什麼要這樣？我最近成績開始有進步，第一次拿第三名，她為什麼不高興？為什麼要這樣詛咒我？」亞當情緒開始變得激動起來。

尖銳的抗議聲讓莉婭的心臟都開始痛了起來。醫生說過莉婭的傷口需要好好靜養的。

卡珊卓什麼都沒說，只是緊緊抱著那孩子。

「噢，我想他現在需要點空氣，卡珊卓！」莉婭心裡想，但只是打了個哈欠就繼續看著他們。

「這樣吧！亞當，我們在這裡慶祝如何？」卡珊卓說。

「這裡？現在？」亞當接著說。

「如果你願意的話。」卡珊卓思索著說道。

「但是只有我跟妳，這樣有什麼好慶祝的。」亞當說。

「慶祝得到好成績，是件很重大的事情！」卡珊卓接著說：「我去做點吃的，你覺得呢？」

「我可以吃點甜點嗎？」亞當說。

「當然沒問題，這是個好主意，慶祝一定要搭配甜點才對！」說完，卡珊卓便興奮地起身去廚房準備大顯身手。

莉婭跳到桌子上，仔細地觀察亞當。過了一會……

「卡珊卓，妳的貓咪一直盯著我看。」亞當說。

「噢！竟然還有餘力注意到我？孩子就是這樣，無論再怎麼傷心難過，還是有用不完的精力。」莉婭心想。

「別害怕，牠很乖的，我剛好有些杯子蛋糕的半成品，你等我一下。」卡珊卓說。

莉婭彷若要看穿他內心般地注視著他。可憐的孩子，沒有自尊和自我認同感，不管怎麼努力，都沒有得到關注，莉婭只需要看著他就能感覺到，他極不習慣被人注意。

亞當似乎是哭累了，現在異常冷靜。一開始他會閃避莉婭的眼神，但莉婭不是人類，不用預想莉婭是否有話要跟他說，這拉低了他的警戒心和緊張。

我們貓咪平常不是只會打劫人類、誘騙長期飯票。我們通常只需要一個眼神就能交換訊息、彼此信任。上帝賦予人類太多感官了，擁有耳朵卻不會聆聽的人太多；擁有眼睛卻只看得見顏色的人也不在少數。至於心，是上帝給人類的彩蛋，但多數人卻認定那只是個供血的幫浦器官，真是可惜。

卡珊卓準備了剛出爐、口感溼潤的藍莓馬芬和草莓杯子蛋糕放在桌上，「希望你會喜歡，這是我第二次做藍莓馬芬，這次看起來有成功。」

「酷！真漂亮，草莓杯子蛋糕看起來很好吃。」亞當看著眼前的甜點驚奇地說。

「謝謝你的讚美，亞當，聽說小孩子都喜歡草莓，看樣子我選對了！」卡珊卓很滿意地笑了。

白巧克力奶油霜上堆疊著的新鮮草莓看起來非常可口，亞當咬了一口，蛋糕裡濃郁的草莓醬伴隨著些許薄荷碎葉和檸檬，提升了口感上的衝擊，「我喜歡這個！」終於，亞當露出了笑容，呈現出小孩子單純的快樂。在需求層次理論中，人們優先會滿足自己的生理需求，再來是安全、愛與歸屬和尊嚴。

甜分熱量迅速飽足了亞當的胃，「我可以畫畫嗎？」亞當說。

「噢！你喜歡畫畫是嗎？」卡珊卓邊擦嘴邊問道。

「老師最近很喜歡我的畫作，他要我構想一下參賽的圖。」亞當說。

「天啊！這是真的嗎？亞當，這太棒了。我去找找有沒有材料，你等會。」卡珊卓再次興奮起來去找畫畫材料。但她回來時，亞當已經拿著不知從哪找來的筆，開始在卡珊卓的餐桌巾上瘋狂畫畫。

天啊！我們的餐桌終於有黑白以外的色彩了！莉婭高興地跳回櫃子上理了理毛，準備進入夢鄉。

卡珊卓驚呼一聲，一面懷疑自己是不是加了太多糖在甜點裡、心疼自己的桌巾，一面又趕忙抓緊機會，找來蠟筆等畫具給亞當。

當莉婭再次醒來時，亞當已經不在了，獨留可憐的卡珊卓，狼狽地整理著充滿顏料和塗鴉的餐桌、椅子，甚至是地板。

不久後莉婭看見了亮麗版的卡珊卓，頂著一頭誇張的妝髮出門去了。還好當初她來領養莉婭時是下雨天，不然莉婭才不想跟她回家。既然卡珊卓出門了，莉婭就繼續留在這個家的制高點上睡覺，這個能夠一次俯瞰整個家的位子，是取代卡珊卓雙峰的不二選擇。

凌晨，莉婭在睡夢中聽見一個很熟悉的曲調，但它不應該在這個時間出現的，因為那是學校下課的鐘響。也許莉婭在作夢，但是那鐘聲愈發強烈清晰，實在太過真實。莉婭睜開眼觀望四周。卡珊卓似乎回來了，地上散亂著她的包包和髮飾，沿著這些散亂物品就可以找到她在廁所，抱著馬桶。卡珊卓在中場休息時注意到了莉婭的表情——莉婭瞪大的眼睛、擔憂的眉毛，還有無法閉合的嘴巴，就坐在她的旁邊，動也不動地盯著她看。

「噢，我很抱歉，莉婭。我的樣子是不是嚇到你了？」她繼續吐著。

莉婭嚇壞了，狂吐的聲音竟然讓莉婭聽成優美的鐘響？卡珊卓最近是不是餵錯藥給莉婭了？莉婭對於自己把卡珊卓美化的反應感到很吃驚。莉婭是第一次用貓臉來表達震驚，莉婭覺得如果自己能化身成鏡子映照出現在的情景，卡珊卓才會是被自己嚇壞的那一個。不知道就這樣坐在她旁邊多久，大概是莉婭的嗅覺都要異常的時候，莉婭起身回到櫃子上，遠離那個持續散發出強烈酸味的地方。

* * *

亞當回到了家後，熟悉的咖啡香圍繞在亞當周圍，客廳桌上擺放著切好的水果，母親在開放式的廚房裡，「吃水果。」母親背對著亞當說。

亞當站在母親後面，望著母親的背影，小心翼翼地說道：「媽媽，我們會去慶祝嗎？」。

正在用陶瓷手沖壺沖煮咖啡的母親停止了注水，抬起頭微笑說：「慶祝什麼？親愛的。」接著繼續往咖啡粉裡注水。

「我考到第三名這件事？」亞當感到全身緊繃。

「那件事啊，你還有沒有別的事值得慶祝呢？」母親說。

「我有個畫畫比賽的機會？老師覺得我最近畫的圖還不錯。」亞當說。

母親聽聞後開心地轉過身說：「真的嗎？真是太好了！什麼時候要交呢？」

亞當看著母親，眼睛也跟著亮了起來說：「兩天後。」

「那還等什麼！趕快叫你妹妹來！我們晚餐有大事情要分享呢！」母親說。

餐桌上，一家人齊聚一堂，母親難得煮了一桌子的飯菜，亞當分享著被老師肯定的畫作，繽紛的色彩透過手腕、手心、手指流出，在畫紙上構成了腦中的構圖，呈現出的畫面只有柔和沒有衝突，像大樹一樣，只要有陽光、水和土壤，就會開始長出茁壯的根莖、美麗的葉子，沒有計畫、沒有思考，就只是這樣自然而然地讓事情發生。

「這是個很好的機會，亞當。」父親說。

「真的嗎?」亞當說。
「你妹妹也時常被老師誇獎有畫作天賦。」父親接著說:「你該讓你妹妹畫。」
「什麼意思?」亞當笑了笑說。
「要比賽的圖紙上還沒開始畫對吧?這是個很好的機會,讓你妹妹去創作。」父親說。
「你是要妹妹來畫圖?但這是我的機會!上面的創作者是我的名字!」亞當開始激動起來。
母親望向父親後對著亞當說:「亞當,你剛剛聽到了,老師們都對你妹妹的畫作能力讚不絕口。」
「這不公平!這太荒謬了!我們差了兩個年級欸。」亞當持續捍衛著自己的權益。
「亞當,你要求太多了,我們給你吃給你住就很不錯了,你還要什麼呢?」母親說。
亞當一時語塞轉頭看著父親。
「這樣好了,你跟你妹妹一人畫一半。」父親說。
「不行!」亞當說。
「我們已經讓步了,亞當。」母親開始有點憤怒。
「我不懂,亞當,為什麼你每次都要這樣呢?我們說的話你都不聽。」父親一臉困惑地說。
「你不懂,是因為你沒有在聽,從來沒有。」亞當的情緒衝出了嘴喊道。
「夠了,亞當,回你的房間去,不懂什麼叫分享的人,沒有資格跟我們一起吃飯。」母親拍了桌子對著亞當喊到。

亞當起身回到了房間，關門聲就像亞當的抗議聲一樣，響亮卻無人在乎。

＊　＊　＊

隔了幾天，卡珊卓帶了另一個孩子來，叫約翰（John），今年十一歲，整齊的棕色短髮、一副細框眼鏡也遮藏不住的濃眉大眼、豐厚的雙唇顯得鼻子小巧，深色皮膚突顯出他壯碩的身軀，卻全身散發出膽怯、緊繃和一絲絲的血腥味。約翰站在門口。莉婭猜也許不久之後的下一次，上門的就會是警察。

約翰是卡珊卓在當代理老師時帶的學生之一。今天早上代課時，約翰沒有來上課，據班導師說，在聯絡過家長後，他父親表示約翰只是想讓大家注意到自己才會做出逃課這種行為，但好在約翰中午前就自行回學校了。班導師把約翰罵了一番。放學後，學校需要確保他今天有回到家，所以讓卡珊卓陪約翰走回家。他們剛好住同一條路上，只是約翰住在街的最尾端，平常走路到學校至少要三十分鐘。

「你在那等我一下吧，我想帶我的貓咪去走走。」卡珊卓說。莉婭從櫃子上站起來，俯瞰著這個像是卡珊卓從公園裡誘拐回來的孩子。然後莉婭就被卡珊卓給塞進她的包包裡了，雖然動作輕柔，但對比莉婭的不情願，依舊是粗魯至極。

「喵」的一聲，莉婭順手在卡珊卓的包包上刮出了一條痕跡，以示抗議。

「你要抱抱牠嗎？牠很溫順唷！」鎖上門後，卡珊卓在約翰面前把莉婭抓起來，像是介紹店裡紅牌似，興奮地介紹著莉婭。

「我沒有辦法。」約翰不是很情願地說。

「沒關係的！還是你對貓咪過敏？」卡珊卓說。

若是自尊心和自信占有重量的話，約翰可以說是幾乎整個被掏空了，儘管外表很有力量感，但約翰整個人卻讓人感到輕飄飄的，連走路的樣子看起來都像洩了氣的氣球般，軟弱、無力，步伐小而慢，如企鵝走路，需要左右搖擺著才能找到平衡點，渾身散發著深深的自卑到卑微的味道，足以壓垮他的身體。

卡珊卓只是稍微耳聞事情的經過，但她不想批評約翰，畢竟班導師已經罵過他了。所以卡珊卓只好說些開心的事情，想讓約翰放鬆一點。

「你開心點，我不是你們班導師，我不會罵你，我只是想送你回家。」卡珊卓接著說：「你看到對面那台土耳其冰淇淋車了嗎？」

約翰連看都沒看地回應：「嗯。」

「你有吃過嗎？土耳其老闆總是會耍客人，讓客人沒辦法順利地從他手中拿到冰淇淋。你看。」他們的視角剛好可以清楚看見，土耳其老闆逗著客人玩的樣子，圍觀的客人也看得笑哈哈。但是愉快的氛圍似乎渲染不到約翰的世界裡，他沒說話。

快到約翰家時，約翰停住了。卡珊卓說：「你父親應該在裡面等你了。快進去，別再讓他擔心了。」莉婭在包包裡，覺得卡珊卓的語氣聽來得像是在責備男孩。

約翰沒有動。卡珊卓想了想，在門被打開之前，把他拉到一邊說：「你有什麼事想跟我說的嗎？我可以幫你。」

很好，莉婭想。

約翰看著地板許久後說：「我好累。」

卡珊卓不懂約翰的意思，所以回答道：「約翰，我們成長過程都會有自己的難題，也許你要先學會怎麼控制自己的脾氣，大家都這麼擔心你，你怎麼能說累呢？」

門開了，是約翰的爸爸，他向卡珊卓打個招呼後，表示非常抱歉給學校帶來這麼多麻煩，然後帶著約翰進家門了。

每個靈魂對上帝來說都是一塊璞玉，而在人間遭遇的幾次誤判，則是對靈魂的磨練。莉婭覺得上帝是這樣說明的，畢竟於上帝而言，有時候某些人的死去是劇情必要，而有時候祂所帶給人類的災難，只是為了拯救攝影棚；莉婭認為祂根本是失手應徵了那麼多靈魂當人類，來摧毀祂的拍攝場地。

第四章

抽絲剝繭

1 審問

事發第二天，艾麗雅的情況依舊沒有好轉的跡象。五層樓的高度，雖然墜落時有遮雨棚作緩衝，但撞擊力過大，加上頭部著地，連帶頸部也受到嚴重損傷，情況相當不樂觀。所以艾麗雅仍然待在加護病房，不論是家屬或是朋友都不得進入。

「我想進去看我女兒。加護病房通常都會有開放時間不是嗎？」艾麗雅的母親向醫生問道。

「非常抱歉，目前還沒脫離險境，所以未開放探視，請您諒解。」急診室的醫生回道，同時指向座位區一名等待的警察說：「如果方便，那位警察在找您。」

警方對墜樓女子母親的說法有所質疑，所以再次傳喚艾麗雅的母親。一位男警察——吳進孟，和艾麗雅的母親兩人坐在小小的偵訊室裡，空氣中除了充斥著壓抑和緊張，旁邊還有一塊不知道有誰正在監看的單向玻璃窗。

為保全雙方權益，兩人中間擺有一台錄音機。吳進孟按下錄音鍵，並開始了偵訊，緊張的氣氛也隨之而來。

「妳好，我是警察吳進孟，妳是林怡華嗎？」

「是的。」林怡華說。

「妳是艾麗雅的什麼人？」吳進孟詢問林怡華。

「我是她母親。請問有什麼問題嗎？我女兒還沒有清醒過來，我想待在醫院等她。」林怡華有些焦慮。

「六月十五日下午一點艾麗雅墜樓時妳在現場，在艾麗雅的住處對嗎？」吳進孟問。

「是的，還有我兒子。」林怡華說道。

「妳兒子的名字是？」

「艾德洛。」

「妳只有這兩個小孩嗎？」

「對。」

「當時妳說艾麗雅出院後發現她男友劈腿而心情不好，妳和艾德洛來陪她，結果她突然情緒失控而跳樓的對嗎？」

「是的。」

「她男朋友的名字是？」

「我不知道。」

「妳不知道？他的職業呢？」

「我沒見過他。」

「所以妳不認識艾麗雅的男友對嗎？妳對艾麗雅男友的消息是從哪裡得知的？」

林怡華一時語塞。錄音機轉動的聲音顯得格外響亮，吳進孟繼續追問：

「他們姊弟倆關係如何？」

「他們不常聯絡，彼此都不會講話。」

「他們曾經發生過激烈衝突嗎？」

「我印象中沒有。」

「沒有？這些妳有印象嗎？」吳進孟丟出一疊艾麗雅在過去十七歲時曾指控艾德洛對她使用暴力的備案紀錄和當時受傷的照片。

當遮羞布被撕破了一道口子，隱藏在其中的火舌便有機會竄出。

林怡華看著桌上一堆散亂的資料和驗傷的照片，其中一張照片裡，艾麗雅的脖子印有勒痕，還有其他身體瘀青的痕跡，林怡華臉色變得驚恐，「艾麗雅本來就是一個喜歡小題大作的孩子，你看照片就知道，一點點瘀青就想起訴她弟弟，我就不知道她到底在想什麼，我當時也在場啊，根本就沒有她跟你們警察說得那麼嚴重，你們當初細查的話就會知道她在說謊。」話音剛落林怡華便緊閉著嘴巴。

「妳沒辦法證明艾麗雅男友的存在，這些過去的備案紀錄也顯示妳確實知道他們姊弟關係緊張，妳的說法前後不一，妳知道說謊報會有什麼後果嗎？」

「我——這不公平！她本身就是一個容易情緒激動的人，她當時準備要起訴她親弟弟，她怎麼可以這樣？要不是我拿刀子阻止，誰知道她會做出什麼事情！她都沒有想過這樣弟弟會有前科找不到工作的嗎？她還拿刀子威脅我要我閉嘴你知道嗎？怎麼會有這種小孩！」

「妳現在說的是六月十五日的情況嗎？」吳進孟看著林怡華，再看向放在兩人中間的錄音機。林怡華的眼神變了。

「不是，我不是在說她墜樓那天的情況。」

「六月十五日有任何人拿著刀子或其他武器嗎？」

「沒有，那天沒有，我們只是在談話而已。是她自己突然情緒激動衝到陽台去跳樓的，我還記得她當時看著我的眼神。」

「林怡華，妳若是不老實交代當天發生的情況，妳和妳兒子都會有很大的麻煩的。」

錄音機盡責地持續運作，裡頭的膠卷滑動著，像雷達搜尋般，一有聲音便會在膠卷上印下聲音的痕跡。

「我告訴她要聽話的！我跟她說過了！只要她聽弟弟的話，就不會有事情！她就是不聽！」

林怡華突然開始變得激動。

「『只要她聽弟弟的話，就不會有事情？』這句話是什麼意思？」吳進孟問。

林怡華愣了一秒，就立刻擺起了臉色：「我是說，只要她聽話，就不會有事情。你們想怎樣？為什麼要一直誤解我的意思！」

「請妳冷靜，林怡華女士，冷靜。目前只是在調查而已，並沒有定論，我們還會找妳兒子來詢問。」吳進孟見狀，認為再問也問不出什麼了，於是按照程序說明，沒想到卻更加激怒了林怡華。

「為什麼要找他？我不是都說了嗎？就是她自己跳下去的，跟我兒子有什麼關係！我都說了！你們為什麼不聽！你們要害我兒子沒法做人是嗎？你們在欺負人嗎？」林怡華的精神開始出現極不穩定的情況，呼吸短而急促，焦慮、躁怒，雙手用力捶在桌上。

「我再說一次，請妳冷靜！目前艾麗雅墜樓的案情不明，按照程序我們需要調查釐清，請妳配合。」看見林怡華突然的情緒轉變，吳進孟忍不住憤怒，大聲且更加嚴厲地說道。

「事實的真相就是這樣，有什麼好問的？我們都不用生活嗎？你們警察就是這樣，只不過是穿著制服的流氓而已。我知道要打官司的話根本就打不贏你們這些人，政府單位就是這樣，就算我們是無辜的，你們的權勢也會把我們這些老百姓壓在社會的最底層，跟你們說有什麼用？」

林怡華的語氣開始變得無理、囂張。情況越來越失控，她甚至激動地一把摔爛了放在桌上的錄音機，這對警方來說無疑是一種挑釁，所以她馬上就被警方壓制在桌面、銬上了手銬。

林怡華坐回椅子上後便不斷前後搖擺著身體，嘴裡開始重複一句話：「為什麼不聽話、為什

麼不聽話、為什麼不聽話。」警方只得將她強制送醫，並聯絡她的兒子艾德洛。

隔天，警方找到艾麗雅的弟弟艾德洛到偵訊室問詢。

「我們需要你再一次把當天發生的經過說一遍，我們找到很多不符合你們說詞的證明。」目前林怡華確定需要住進精神病院治療，她還是持續著當天被警方送醫的情況，由於林怡華的反應太過令人感到懷疑，今天面對較年輕的艾德洛，吳進孟開門見山地要求艾德洛誠實回答。

面對瀕臨死亡的姊姊、被送往精神病院的母親和警方的質問，艾德洛神情有些呆滯，他低著頭過了許久才說道：「我們只是在談話，我不確定談了什麼。」他說。

「也許這些資料可以幫助你想起來。」吳進孟同樣丟了一份艾麗雅過往的醫院驗傷報告和備案紀錄，繼續說：「你當天有動手嗎？或是在最近？」

此刻艾德洛微微傾身向前看了眼資料後便說：「你知道當時的情況嗎？我那時候只是邊玩電腦邊看電視，她就認為我一次霸占兩個不公平，所以開始跟我爭論，我沒有理她，連我媽都懶得理她，結果她竟然拿著桌上的碗砸向電腦，陶瓷碎片在我眼前炸開，還割傷了我的臉，然後我就卯起來揍她。你說，是誰家暴誰？她當時根本就沒有向你們警察說實話。」艾德洛坐直了身體繼續說：「還有，你們都能查到以往的紀錄，那你們有沒有查到她曾經看過精神科？她每天都得靠精神藥物控制她那脾氣，她有病，懂嗎？我看她從那時候就有病了，自己動手在先，還敢去警察局備案？」

「六月十五日當天你動手打了她，然後再把她推下樓了對吧！」

「才沒有好嗎！是她自己掉下去的，跟我沒有關係。」

「你認識她的男友嗎？」

「怎麼可能認識，我怎麼會知道她在外面過著什麼樣的生活。」

「你不知道？事發當下你們聲稱她是因為感情問題才去跳樓的，其實根本就沒有這號人物，讓她發生意外的人是你們，而你們為了掩蓋事實所以才說謊！」

「說謊？你搞清楚，感情不順、跳樓這種話，都不是從我嘴裡出來的，是我母親跟你們這樣說的，你怎麼能認定我說謊呢？」艾德洛態度輕浮地回答道。

「當天你們談了些什麼？」

「她前陣子住院期間，我跟我未婚妻好心去醫院看她，她竟然把我們倆拒之門外，我未婚妻請我媽傳話給她，要她珍惜一點別太自以為是，結果她就像發瘋似的要我未婚妻別管她，她這個神經病完全不尊重我未婚妻。她出院後我跟我媽去她住處找她理論，她激怒了我，我就推了她。」

吳進孟眼神變得犀利，神情更加不耐煩地看著艾德洛。

「我承認我是推了她，不是揍她，但那又怎麼樣？你知道神經病發起瘋來是很可怕的，她有病的腦袋逼我的好嗎？我只是自我防衛而已。」艾德洛依舊無所謂地向吳進孟回道。

「她有做出攻擊你的樣子嗎？」吳進孟問。

「沒有，只是她又不聽話、激動的樣子就足以讓我動怒了。何況我母親在旁，我也要考慮到她的安危，我認為先下手也是自保的一個方法，警察先生，你難道不認為這很合理嗎？我母親都年過半百了，怎麼經得起一個神經病發瘋的碰撞。」艾德洛充滿自信地回答。

「所以，是你先推了她？」吳進孟問。

「是的，沒錯，我承認，我認為這種事先防衛是有必要的。」艾德洛說。

「你認為你姊姊精神有異狀，你難道就不覺得這對她來說會是一種挑釁嗎？你反而會更激怒她。」吳進孟回問。

「噢！」艾德洛臉上瞬間滿是懊悔，還帶著一抹泫然欲泣的神情，但隨即又展開笑容對著警察說：「對不起，慣性使然。」

「你推了她後，她就跌向了陽台？」

「是。」

「她跌向陽台時你們做了什麼？」吳進孟問。

「沒做什麼。」艾德洛不經意地回答。

「意思是你們就這樣眼睜睜看著她跌下陽台？」吳進孟問。

「你們真煩，一瞬間的事情我怎麼記得那麼清楚？不過我媽有試圖去拉她的樣子，我記得我被我媽推了一下，但這我就不清楚，你也知道我媽年老，她反應不過來失手沒拉穩她也是有可能的。」艾德洛繼續說道。

「但確實最後是她自己掉下去的，你們去過現場對吧！從客廳中央跌到陽台然後墜樓！距離那麼遠，簡直是故意要掉下去似的，你們這次就好好查清楚，去算算她退後的距離，不要像上次她報案那樣沒看穿她的算計，要自殺也不是這樣裝模作樣，要賴在我身上也太勉強。」艾德洛充滿責怪的口吻訴說道。

「不管艾麗雅是否故意，你已經有過失傷害的嫌疑。」吳進孟說。

「是嗎？那太巧了，我未婚妻的父親是律師，他們已經準備好要來幫我了！他們可是很想知道你們對我母親做了什麼事，怎麼她一進警局跟你們單獨在偵訊室談話就發瘋了？你們仔細去查我媽的就醫紀錄，才沒有過精神科診斷之類的，所以一定是你們對她做了什麼事情才導致她發瘋成那個樣子。你們簡直太過分了！」艾德洛最後一句簡直是撕開喉嚨吼著說。

「我必須告訴你，我們並沒有對你母親做了什麼事，只是照例問她事發當時的事而已，你若不想把事情鬧大，就誠實說出細節：她怎麼會從客廳跌到陽台外去？」吳進孟問。

「供詞不變，她是自己掉下去的；她本來就想自殺了，所以是故意趁這機會掉下去的。」艾德洛態度強硬地繼續說著：「你們若是把我當什麼嫌疑犯的話，提醒你，你們可沒提到米蘭達警告，我有權保持沉默，並要求詢問過程中要有律師在場，你們想繼續談的話，我皮夾裡有一張是我未來岳父的律師名片，請他來再繼續說吧。」

艾德洛身體向前，雙手撐在桌子上並挪出了一半的屁股，對著警方笑著用眼神示意著律師名片的位置，艾德洛占上了風後，態度便充滿自信，一副把警方玩弄於指尖的姿態，讓吳進孟的神情變得更為憤怒。

吳進孟無法再多問些什麼，所以轉向調查這家人的經濟情況，值得注意的是，艾麗雅經濟普通、生活單純，保險也不多，但是相對的已五十八歲的母親，卻還有幾份新的保單要繳費，而保單的受益人全是艾德洛。

而對於艾麗雅的朋友們，吳進孟也依依詢問過，對於平常艾麗雅的表現，她一位長年的女性友人說：「她活得很辛苦。」

「怎麼說？」吳進孟問。

「我們從大學室友關係認識到現在，聽說她高中時就跟家人關係不好，她告訴過我她曾經向警方求助過，但是她當時只有兩個選擇，一是申請家暴從此跟家人們劃清界線，二是忍耐，沒別的了；她那時候才十六、七歲，沒什麼經濟基礎，選擇前者等於是把自己趕出家門，所以她大學開始就很少回家，減少接觸的機會，但在她少數回家的次數裡聽說也發生過衝突，母親除了袒護施暴者以外就是無視事實，直到這幾年都這樣，但遠離家人也沒有讓她過得比較開心。」

「什麼意思？」吳進孟問。

「在距離拉開後，她的家人也沒有對她出現『珍惜』的情緒時，她要接受的就是赤裸裸的真相。」

「什麼真相？」

「這就看她怎麼解釋了，在我看來她家人不友善的行為都是真心的，我想這就是她掙扎的原因吧，不願意相信她母親是不愛她的。」

「妳知道是什麼原因導致家庭失和嗎？」

「我不清楚，艾麗雅也沒有什麼不良嗜好給家裡惹麻煩，成績也沒有很糟糕，艾麗雅自己也不知道。」女性友人接著說：「我的父母在我人生裡占據了很重要的角色，他們很愛我，時不時也會像引導者一樣替我解惑；我一直以為父母都是這樣，所以我不明白她的家人為什麼能這麼無情。」

「這會讓她痛苦到想尋死嗎？」吳進孟問。

「什麼？不，從來沒有。最近一次的話題都圍繞在我結婚三週年這件事上，我們舉辦了小派對，她知道我求子心切，所以就送了我一個可以順利懷孕的象徵性吊飾還寫了一張卡片，她真的花了很多時間，內容說她原本要找中國的百子圖，聽說如果女生去數，數多了一個的話就表示那女生將要懷孕了，但是現在做百子圖的刺繡甚至是畫，都已經很少見了而且也很貴，她也是很用心去留意要送我的東西，總之，感受得出來她費了幾次周折才找到適合的祝福禮給我，你覺得一個想尋死的人會願意花時間做這些事嗎？」女人有點激動地說著。

「妳指的最近一次是什麼時候？」

「大概四月底那陣子。」

「那時候妳確定她沒有交男友嗎？」吳進孟不得不用這樣的方式質疑。

這讓女人有些生氣了起來說道：「她是寧缺勿濫的那種女人，好嗎？我們也是有個朋友的感情總是不順，與暴力男結束後又跟另一個控制慾很強的男生同居，聽說也會對我們那朋友使用暴力，我們隨口提到：『可能那個朋友很缺人愛吧！』艾麗雅一聽就說：『我也很缺人愛啊，我也想被人疼惜，但我也沒有選擇跟她一樣。』」女人按捺不住情緒繼續說：「她確實是挺希望交個男朋友的，但是都沒有喜歡的對象，與其說謹慎，不如說很挑剔。而且她如果有男友絕對會主動跟我們說的，這又不是什麼壞事，她也不是那種見色忘友的人；但沒有就是沒有，以我對她的認識，根本不會有什麼見不得光的男友這種事。」

女人繼續說：「你可以去問問其他人，我現在跟你說這些過去我心裡很難過，我希望她好起來，我會找時間多陪她。」止不住的淚水終於在此刻落下了。

「她的精神狀況呢？」

「她跟我們相處時都很好，最近這一次也是。」

「好的，謝謝妳的協助。」吳進孟說。

吳進孟找來另一個女孩，年齡不到二十五歲，是艾麗雅最後一個聯繫的朋友。

「妳最後跟她聯絡是什麼時候？」

「五月時見過一次面。」

「妳知道她有男友或是精神方面的問題嗎？」吳進孟問。

女孩睜大眼睛，有些恍神地說：「她有說過她因為家裡的關係，不得不去看醫生，她說自己努力過了。」

「努力什麼？」吳進孟問。

女孩似乎不太願意回答，沉默了一會說道：「讓家庭和諧。至少，在自己家不用受到被排擠的感覺。」女孩說。

「什麼意思？」吳進孟問。

「她曾經獨自在國外生活過幾年，難得的回國後沒幾天就被自己弟弟的未婚妻氣到，她說她幾年沒回家，一回家裡就成了二等公民似的，待在家裡的弟弟和他的未婚妻連聲招呼都不打，她的那些家人都刻意無視她，未婚妻像是乞丐趕廟公一樣，讓她感到很不舒服，她媽媽對她的不快反而還感到很不滿。」女孩又沉默了一會，似乎不太願意繼續說下去，眼神更加無神。

「知道確切原因嗎？」

「利害關係的話我想是沒有，她倒是提起過曾經因為她弟弟做業務的關係，她媽媽就要求艾麗雅要跟弟弟購買一些產品，結果當她拒絕時還被她媽媽吼說『妳為什麼不跟妳弟弟買？妳跟妳弟弟買，他就有業績了，有業績就有錢拿，他有錢領的話，我就不用一直給他生活費了！』聽說事後還讓一個根本就不是很熟的人到他們家裡說要找她談話，真的是很荒謬。好在她都不受影響，跟我們抱怨就過去了，所以我認為艾麗雅在金錢上不會想跟他們有所交集。」

「妳確定沒有後續嗎？」吳進孟問。

女孩一副茫然，似乎自己也沒意識到這個問題，心裡感覺被刺了一下後說：「她是很理智沒錯，但她也是人，不舒服的事情不會因為時間久了就變得習慣，她還是會受傷、會流血，針對家裡這種事她只能努力，為了改善試了很多種方法：宗教信仰、芳香治療、催眠等等，只是都沒什麼效果。」女孩說。

「催眠？」吳進孟問。

「對，你不能說她求救的方式不對，至少她有心想要改變，也努力嘗試過了，而且我認為玄學和醫學有時候是一樣的，他們只是從不同方向去解釋同一件事。她說她做了一年多的催眠，花了不少錢，而且沒過多久，那位催眠師就關門大吉了。我認為她的錢都花在尋求幫助這件事情上，這是我時常聽到的。只是很不巧的是她嘗試的方法都沒有奏效，後來她才放棄一切可能性，她現在只能依靠藥物，只要可以讓她一覺好眠就夠了。」女孩接著說：「她其實第一次就診時就有要求要做測驗和心理諮商的診療，她很想知道自己到底怎麼了，但是都被醫生拒絕了，醫生只負責給她開藥而已，我聽起來是治標不治本。」

「醫生拒絕的理由是什麼，妳知道嗎？」吳進孟問。

「排隊要等好幾個月，所以要她放棄去看心理諮商。我現在覺得醫生這樣的安排有點可惡，光靠藥物有什麼用。」女孩接著說：「因為這樣我才比較深入了解了她的過去，她對於與人之間的相處容易感到恐慌，就像是某種後遺症一樣，許多創傷從原生家庭開始擴展到她的生活，更何況是愛情，我覺得她跟人建立關係是沒什麼問題的，她曾說她曾經接觸過一個有天生弱視的男孩，男孩已經一歲半了，卻因為看不見，加上沒有人給他刺激，所以他連扶著牆壁走都不會也不活潑，艾麗雅跟我說她為了給他訓練走路，她會拉起她的雙手然後自己後退帶著他走，帶著他跑，期間為了要讓小孩樂在其中，艾麗雅還不停的發出很興奮的聲音和歡呼聲吸引那男孩的注意，好讓小男孩可以樂在其中，所以那孩子很快地便會學著走路。艾麗雅說她是為了避免那男孩因自己的缺陷而產生自卑感，多給他關愛來累積日後他受挫時需要站起來的力量，其實我認為艾麗雅以後會是個好媽媽，我當下就有跟她說，她以後一定會跟自己的孩子處在朋友的關係上。她這麼細心的人，多給一點理解其實都很好相處。」

回憶起與自己好友的畫面，女孩停頓了一下，眼神有點黯淡的開始繼續說：「我知道你們想釐清什麼，我知道消息時根本不敢相信。第一她確實沒有男朋友，她戀愛的空窗期有好長一段時間了，我覺得她只是稍微對人失去了點信任，但她很享受生活，挺會給自己找事情做的，興趣很多什麼都喜歡嘗試，她從不給自己設限，所以每次聽她談起她的近況都感到很新鮮。第二她不會選擇去跳樓自殺的。她曾經說過，她不害怕死亡本身，對於死神到來的話她會張開雙手擁抱祂，她過得很孤單，從小到大一直都是，她只害怕自己會帶著痛苦而死去。」女孩最後含著淚水卻又堅定的回答。

「聽起來意思是如果有死亡的機會，她就會順勢讓事情發生是嗎？」吳進孟問。

「我不能完整表達她的想法，警察先生，我只覺得她的想法很具衝突性，努力想活得快樂、幸福，另一方面卻又對死亡抱著很開放的態度，甚至有些期待死亡的到來。她是屬於活在當下的人，珍惜當下，可能因為這樣，所以驟然離世的話，她也不會感到後悔。這是我對她的看法啦，因為聽到她講這些，我心裡其實沒辦法接受。」女孩有點失意的說道。

「為什麼？」吳進孟問。

「我們是朋友！警察先生，我很關心她的，她是我的朋友，我把她當成我的朋友，她說的那些開放的思想，對我來說就是令人擔心的負面話語，我知道她的那些過去讓她對自己的未來不抱著很大的希望，也知道她很努力在調整、修復自己，但我心裡根本不認同她所說的擁抱死神這種想法。」女孩帶著壓抑激動的情緒說出最後的內心話。

「她自己有什麼經濟壓力嗎？」吳進孟問。

「就我所知她本身沒有什麼債務，所以應該沒有不能負荷的經濟壓力。」

「好的，謝謝妳的協助。」吳進孟說。

警方最後去查詢了艾麗雅從回國到墜樓前的相關病例，最後一次取藥時間是六月一日。

「從艾麗雅最近一次的就診來看，她的情況怎麼樣？」吳進孟取得了許可證明，穿著便服帶著警徽來到醫院，不免俗地要詢問一下艾麗雅的精神科醫生。

「對比她一開始的情況，我想已經好很多了。」

「請你詳細說明。」

「這個嘛！我還記得她第一次就診時除了簡要描述她小時候的狀況，父親性侵她，母親選擇沉默並無視後續弟弟出現的肢體暴力等等，不過都是社會上很常見的事情。我印象比較深刻的是，她說完這些後張開雙手放在桌上使力讓椅子滑過來，用很堅定的眼神看著我說：『我真的無法再一次接受沒有任何感覺的情況，在家裡被自己家人歧視、被排擠當空氣，還有身體累得要死卻躺在床上無法入睡的感覺，倘若有一天，我弟弟再對我動手的話，我就會直接去跳樓。』她整句話都是很認真的，所以當時我要她去找個工作轉換重心，並開藥給她吃。」

「她說過『弟弟再動手的話，就會直接去跳樓』？」

「對，不過那是幾年前的時候了。」

「這種想法最近有出現過嗎？她的諮商師是哪一位呢？」

「我並沒有給她安排心理諮商，所以我不能肯定她這想法有沒有持續到最近。」

「你除了開藥以外，沒有做任何其他協助嗎？」
「這類人的狀況不就是這樣？」
「判斷病患的真正病因不就是你們醫師的職責所在嗎？沒有諮商師的協助你又怎麼更好地減緩她的不適？何況你沒有給她任何檢測怎麼能斷定你開的藥是她需要的？」
「你有聽到我說她第一次就診那認真的模樣嗎？她需要的是藥物，我是醫生，我就給她藥物，比起檢測什麼的，她那時候的情況最需要的就是藥物。至於諮商部分我們會斟酌，視病患的嚴重程度而定；何況她已經成年，她只是剛從國外生活幾年回國後有些不適應的生活帶來的壓力，所以一開始的時候我的確回絕她了，加上那時候起碼也要等到半年之後才會輪得到她。但從這幾個月的情形來看，她確實是穩定許多了，在我看來並沒有什麼太大的問題。」
「你是說她沒有自殺的打算？」吳進孟問。
醫生吸了一口氣後說：「警察先生，我也很遺憾我的病患會發生這種事情，但相信我，她每次來時的狀況都很好，她算是配合度很高的病人，除了有時候工作關係需要加重一點藥量而已，她看起來很溫和，而且態度也蠻積極正面的，我都是依她當時情況給她所需要的藥物而已。我見過很多病患，這個社會上還存有歧視，不光是這個社會，連個案本身一開始都會無法接受自己明明是受害者卻還要來看醫生的邏輯，病患都會認為是對方有病為什麼是自己要吃藥？你都不知道我們每天看診心情都會有點怕，基本上沒有人會想承認自己有病，他們獨自前來求救卻聽到自己不想聽的，在我開出藥方時，突然暴怒的病患也有，情緒失控當場撕毀了領藥單的患者也有。艾麗雅能夠克服這關老實說已經很不容易了，她正在正式面對著自己的困境，並試著救自己，也表示她內心想生存的極限被逼到了極點，她才會在初診時在醫生我的面前振振有詞的說到，接下來若再有一次萬一，她便會去自殺這種事。她直接的向我求救，我身為醫生就是開藥物給她了，而她心情也好很多，雖然沒有讓她去看心理諮商但她有說自己私下也會做些讓自己心情愉悅、保持平靜的習慣等。她很努力地在平衡她的生活和心境。警察先生，你反過來想，就像是有個人明知道你是警察的情況下，還很正經的跟你說出他會殺了某某的感受是一樣的。」醫生過了許久後說：「但是我也不能跟你們保證，不論輕重型的患者，他們都會出現想自殺的念頭，畢竟這是一場長期抗戰。還有，警察先生，在醫學研究上其實每個人一生裡至少都會出現過一次想自殺的想法，你能承認你從沒有過想了結自己生命的念頭嗎？」

時間彷彿忘記前進般停頓了幾秒，兩人面面相覷。吳進孟開口道：「謝謝你的協助。」正準備起身時，冷不防被醫生叫住，「請問一下警察先生，您對希臘神話了解嗎？」

「什麼意思？」吳進孟回頭轉身問道。

「希臘羅馬神話裡有一個讓人感到惋惜的故事，特洛伊的公主，她是阿波羅的祭司。因太陽神阿波羅的賜予而有了預言能力，但又因公主抗拒阿波羅的指令，於是阿波羅便奪去了人們對她占卜結果的信任，使人無法相信她說的一切。」醫生看著吳進孟說。

「你想說什麼？」吳進孟不明白。

「沒什麼，既然你都來了一趟問了我那麼多問題，我只是想順便給你說個故事而已，就當作我們醫生的一點解悶吧！」醫生身體放鬆說得開朗，神情卻落寞了下來，雙手放在桌上握拳低著頭小聲地說：「你不是第一個來醫院偵詢的警察。」

「什麼？」吳進孟沒聽清楚。

而醫生抬起頭來又恢復了平常看診時的專業笑容說：「希望你能順利結案。」

「再次感謝您的協助。」吳進孟皺了點眉頭後面不改色地表示。並接著腳步一轉，前往癌症防治中心。

他到櫃檯出示警徽和偵詢許可的相關證件，要求與艾麗雅的主治醫生進行談話，在醫生的辦公室裡詢問艾麗雅的病情。

「艾麗雅在今年年初開始針對病情做治療，雖然是癌症沒錯，但是很早就發現了，所以療程並沒有特別煎熬，多數時候都是在觀察狀態，她也很積極配合。只是……」醫生停頓片刻。吳進孟等著他繼續說，「只是她住院觀察期間，她家裡人來探望她時，氣氛都不是很愉快。」

「怎麼說？」吳進孟問。

「這部分很抱歉我無法說得很詳細，我們只會專心在治療上，但如同我剛剛所說，艾麗雅的癌症發現得相當早，所以與癌末的患者相比在藥效發揮時的副作用，反應不會太明顯，但是很快的，艾麗雅的免疫力突然下降，一度發出病危通知，但好在發現得早，狀況很快又恢復穩定了。警察先生，我必須先跟您說明，我們都會跟病人和家屬告知，不要影響到病人的情緒，病人的情緒對我們和對病人本身很重要，她若是保持心情愉快的話，初期的治療很快就能撐過去了，可是隨著她家人的探訪，她的狀況就越糟，最後很快的我們也依艾麗雅的要求，除了她母親以外，其餘的人都不准再進去探訪。」醫生說道。

「她與你們醫護人員之間的相處呢？」吳進孟問。

「普通，沒什麼異樣，不過我們有短暫地聊過天，我在學醫時曾到過日本去留學一段時間，所以當她提到在日本的生活時，我們也愉快地聊了一會過。」醫生連想都沒想的接著回道。

「她總共花了多少時間住院？最後醫藥費有發生什麼問題嗎？」吳進孟問。

「將近要兩個多月吧，但是她還是得定期回診檢查和拿藥。至於付醫藥費的過程，我不清楚，但我想是很順利的，因為她辦完出院手續時間很快。」醫生看著吳進孟疑惑的表情說：「要先付完醫藥費才能辦出院手續。」然後吸了口氣後說：「一個人面對癌症不容易，她是一個人來做檢查的，全程也幾乎是她一個人在面對，警察先生，你得知道當病患一個人去面對所謂的癌症，那需要花多大的勇氣？如果，我是說如果，她那段時間能好好休息的話，就不會發生這麼棘手的事情。」

「你認為是她的家人害的？」吳進孟問。

「不，我當然不能這樣說，我只能說，愉悅的心情才是對抗任何癌症的良藥。我聽到她現在的狀況我也很難過，身為醫生的職責就是救人，我把她救活了，她現在卻又回來了。」醫生最後嘆了口氣說道。

「來看她的人裡有她的男友嗎？或是獨自前來的男生？」

「沒有，你可以去查閱來訪紀錄，我印象中除了她弟以外，沒有其他男人來看過她。」

「好，謝謝你的配合，這是我的名片，若有想到其他關於艾麗雅的任何事的話，麻煩跟我說。」

醫生接過名片後，在吳進孟離去時，隨手丟進身旁櫃子的最下層，然後癱坐在電腦椅上兩手向下垂著，接著伸了個懶腰。

2 訊息

房屋裡的木頭桌上，出現了一份新的晚報，上頭標題寫著：**派特街墜樓案的當事者母親突然精神失常，弟弟指控警方有不正當詢問之嫌疑。**

晚報內容：六月十八日晚間，事發後第三天，當事者已脫離險境，但目前尚未清醒。在警方進一步調查的過程中，排除當事者有感情困擾，進而轉向家庭失和的可能性。據當事者弟弟表示，在與當事者母親約談的過程中，警方疑似用詞過於嚴厲，致當事者母親情緒失控強制就醫，目前正在精神病院接受治療；而警方則表示約談皆按照程序進行，未來不會再對外說明。

第五章
刺青

1 過往

再過幾天四月就到了，莉婭也快滿一歲了，莉婭的身體逐漸茁壯、毛色也非常油亮，莉婭喜歡卡珊卓在不安的時候撫摸自己，她需要安慰時，摸莉婭的力道就像在按摩一樣，而且莉婭相信這會使自己的毛色變得更漂亮一些。

莉婭平常偶爾會到前院去散步走走，找禮物回來送給卡珊卓，莉婭發現禮物在她宿醉隔天早上，送到她床邊時，她會特別高興，會興奮的在床上手舞足蹈。莉婭抓過一隻活烏龜、死掉的老鼠，和死掉的蟑螂，卡珊卓不知道前院其實有很多老鼠可以抓，但因為老鼠都跑得太快了，莉婭的心臟會受不了，所以只好抓跑太慢在旁邊休息的老鼠。但莉婭從來沒讓她知道是自己給的驚喜，愚蠢的卡珊卓，還以為是她從外面帶回來的。

後來她去夜店的次數逐漸減少，半夜也時常不是一個人回來，她有一位身上充滿刺青的死黨，兩人從大學的社團裡就相識，畢業後各奔東西，偶爾才會聯絡，近幾年因為工作關係，兩人剛好住同一個鎮上，她們重逢時是在夜店裡，聽說當她們認出對方時，欣喜若狂的，讓旁人都以為她們同時發了酒瘋。之後幾次這位死黨，都會把卡珊卓送回家後才離開，雖然她進到房子裡只有一會兒，但她全身充滿著害怕的味道，嗅得出來她外向的個性和刺青，都是在試圖掩蓋些什麼，但再多的顏料味和笑容，也隱藏不住，她從心理最深處散發出來的恐懼。

四月十日下午六點，卡珊卓特別為莉婭的一歲生日準備了小派對，慶祝莉婭活過了最難熬的時期、慶祝莉婭現在跟一般貓咪一樣，健康又活潑，她準備了一顆給貓咪食用的六吋蛋糕，內層是哈密瓜口味蛋糕層，配上外層純白色糖衣，中間一條橫向寬版、漸層的海藍色如星空般的糖衣，放在上頭、正中間則是各種水果裝飾，外加一片，貓薄荷。

「親愛的卡珊卓，蛋糕可以不要，但貓薄荷給我一整株會更好。」莉婭心想，莉婭第一次接觸貓薄荷，吸得牠兩眼翻白、飄飄欲仙的躺在地上一直喵喵叫，莉婭其實也不清楚自己在說什麼，但從未感到如此放鬆自在過，好像到了另一個世界一樣。一片貓薄荷十分鐘的快感後，莉婭再度嗅到了熟悉的恐懼味，卡珊卓的朋友來了。

「嘿！我來為妳的貓咪慶生了！謝謝妳邀請我。」她舉起手上的粉紅香檳說道。是一名二十九歲，名叫愛蜜莉（Emily）的女孩，手臂到胸口處都有著明顯的刺青，莉婭倒是滿喜歡她手背上有一個從手腕連到食指手指上的刺青圖騰，挺可愛的。一頭亮麗金色非常大膽的短髮，頭頂兩邊是平頭只留中間做為劉海的髮型，配上大眼睛、高挺的鼻子、瓜子臉，小麥色皮膚，身材勻稱，穿著深藍色短袖緊身T恤配上牛仔褲，跟卡珊卓一樣都喜歡穿緊身服裝，雖然身上有許多刺青，卻從沒看過她穿過會露出膝蓋的短褲或是短裙，或是會露出肩膀的上衣；不是長褲就是長裙，她身上的氣質，換上了長裙服裝其實會很好看，夠高眺，跟卡珊卓差不多身高，個性卻比卡珊卓成熟、穩重許多了。

「噢！真高興看到妳來，我沒有邀請很多人，莉婭滿害羞的。快進來吧！」卡珊卓說。

與其說是莉婭的生日派對，不如說是她們的聚會。她們好幾個月沒見面似的，一進來話匣子就停不了，愛蜜莉帶來的粉紅香檳配上卡珊卓準備的煙熏火腿片、切片軟法麵包棍沾上混著豬油的碎豬肉，再塞一小條的酸黃瓜、或是在麵包上抹一層奶油放一條生迷你蘿蔔，邊吃邊聊著，興致被打擾後，趁她們還沒想起莉婭，貓咪迅速吃完蛋糕，跑到櫃子上去休息。

聽著她們聊著八卦，也聊著卡珊卓在日本默散島包行程玩的那天，卡珊卓她們先是去了知名的海灣，在當地的方言裡都被稱作：卡雅法（カヤファ）。跟著教練下海浮潛找著小丑魚，水深有七公尺，卻能用浮潛的方式看盡海底世界，這個海灣因地形特殊的關係，在海灣中央有座小小島或是說以前曾經是座大珊瑚礁島的珊瑚石在外海跟海岸的中間矗立著，讓這海岸官方上稱為：「中之島」，而從左側的海底長著一整片的珊瑚礁牆，有一定的厚度形成堅固不搖的保護牆，而右側雖說沒有堅硬的整片珊瑚礁牆擋著，但因為中間的小島夠大，加上連結到右側的海灣之間也有不少壯碩、位置不一的珊瑚礁，也稍能擋住些海流，但還是不比左側安全，右側有離岸流的可能。因左側的環境跟右側不同，所以兩邊的珊瑚生態也跟著不同。在這個區區一個小小的海岸裡，竟有多達一百多種熱帶魚類和一百多種的珊瑚在這海岸裡頭，難能可貴的是還有四種不同品種的小丑魚在這生活著，而其中一種是在日本極為珍貴、需要在更深海的地方才能見到的白背小

丑魚[1]（セジロクマノミ），在這裡面游泳，小丑魚、熱帶魚隨處可見，更不用說珊瑚了。

聽著卡珊卓滔滔不絕地講著默散島有多美多好的同時，愛蜜莉打斷了她的話說：「因為導遊的一句話，妳就辭職了原本的工作跑到那麼遠的地方去生活？妳行動力真強！那工作上順利嗎？妳第一次做潛水工作對吧？」

「對。但我因為很愛那裡的海，所以也就很快學會了自由潛水[2]。」卡珊卓說完話後起身去拿筆電，她們一邊看著裡頭的水中錄影和照片等。卡珊卓繼續說：「我曾經在帶客人找尋海龜時，抓緊時機拍張與海龜自拍的照片，或是在外海玩耍時，潛進海中半開放式的山洞。妳看！」愛蜜莉仔細著看著這段四十秒的影片並驚呼著：「哇喔！很厲害欸！妳怎麼能游得那麼自在！」

「我也不知道，也許我的確很高興能生活在那樣的環境中。所以我很快地就能跟上司單獨帶客人出船去外海看有名的青之洞窟，外表乍看沒什麼，但游到洞穴中央或更裡頭去之後，埋頭水中往剛剛的入口看，就能看見美麗的陽光打進海水中、打入洞穴口形成閃亮的水藍色，這就是它特別之處！」卡珊卓說。

「那有氣候不好的時候嗎？」愛蜜莉問。

---

1 白背小丑魚又名銀線小丑魚，為輻鰭魚綱鱸形目隆頭魚亞目雀鯛科的其中一種。（學名：Amphiprion sandaracinos）

2 自由潛水與水肺不同，自由潛水是指不吸純氧，單憑正常的呼吸和屏息進行的潛水活動。

「有呀！颱風來時，我們也曾下過海，海流大了點，讓洞穴裡的水宛如洗衣機在運轉般，不斷的旋轉，其實也是很有趣。用迪士尼動畫的小美人魚這部片來比喻的話，就是當烏蘇拉準備讓女主成為她手裡的珍藏品時，女主身旁的海流帶動著她旋轉並縮小她，在大海之中，妳會感到自己的渺小。」卡珊卓繼續說：「噢！對了！在那裡因為海底都是珊瑚礁的關係，所以要停船不像一般把船錨隨意抛下海裡就可以固定船隻，而是船的引擎停止後，要人工方式拿著繩子下潛到幾個特定的地方，那幾個深海之處的地方有設一個綁著繩子的浮球，浮球頂端有一個鐵環，俗稱V點，我們必須拿著繩子從甲板最高點跳下海中，因著地理位置不同和海水漲退潮的關係，所以每次下潛深度都不同，然後邊游邊抓緊繩子扣在鐵環後游出水面，向船上的人打個手勢，船上的人就開始把繩子拉緊並把繩子纏繞在甲板上的柱子固定住。我認為這份工作唯一最大的風險就在這裡，平時倒也還好，通常不到半分鐘便可以搞定，只是游下去幾公尺再游上來而已，花不了多少時間和力氣的，但每個月都有幾天是大潮的時候，也就是一天裡會有兩次的海水漲退潮，海流就比平常更快速且有力，游起來除了費力不少外，海水因著漲退潮關係也跟著變混濁，能見度降低，危險度也就跟著提高。」

「聽起來真的很有風險耶！但是會有其他工作人員吧？」愛蜜莉帶著緊張的語氣說道。

「沒有，一次出船只會有兩個人。」卡珊卓簡單的回答。

「那妳有真的遇過很害怕的時候嗎？」愛蜜莉問。

「有一次我是真的感到有身陷危險之中的感覺，我很深刻的記得那一次依舊是我與上司兩人帶著幾位客人到青之洞窟準備停船時，那天剛好遇上大潮又加上是颱風的前後天，所以不僅海底裡不平靜，海面上的風也是強大無比，我第一次下去時，眼看就快到浮球附近了，手中的繩子竟然被抽走了。」卡珊卓說。

「因為不夠長？」愛蜜莉認真地猜著。

「不，是因為——船被風吹走了。」卡珊卓說。

「什麼？還有這種事！」愛蜜莉說著。

「對吧！資歷不深的我還真的被嚇了一跳，甚至開始有些慌。我連續試了三次後都沒成功，因為船一直被風吹走，所以決定停的點也不斷跟著改，中途還一度跟著船長都找不到浮球的V點，上司後來憑著記憶努力把船開到定點附近，著急地在船上大聲罵著要我趕快下去，不然船又要被吹走了，當時的我根本沒時間調整好呼吸就被迫要急著下潛！除了很有壓力和緊張以外，更重要的是其實還『很喘』，所以我只能很努力地保持著冷靜和專心，讓身體平靜下來並在最後開始變得不喘的『前幾秒鐘』，吸了一大口氣聽著自己的心跳聲在耳邊如鼓聲，硬著頭皮潛入海底，我不確定有多深，但這次意外成功的在時間內，讓繩子勾住了在浮球上的鐵環，並看向海面確認船隻的位置後，游上去給上司比個手勢，我的任務暫時就完成了，這個任務我估計大概試了兩分鐘左右，但可是非常岌岌可危的兩分鐘。」卡珊卓轉動了高腳杯看著香檳留下在杯壁裡的酒淚說道。

「哇！這工作還真危險。」愛蜜莉似乎替卡珊卓捏了把冷汗。然後繼續問：「妳不害怕嗎？如果有個萬一……」

「害怕？我覺得我好像屬於那裡般自在得很，妳知道嗎？我曾經跟海豚一起游泳過，在離島四十分鐘船程的外海，在一個面積相當廣大的珊瑚礁群島附近，在給遊客們拍照時，我們遇見了成群的海豚，我利用輪班的時間去跟海豚們共游一會，那是我第一次那麼近距離跟著大型海洋生物共游，我用腰部的力量帶動著雙腿像條美人魚般環遊在海豚的身邊，我內心激昂卻又感到一絲平靜和溫暖，我從沒想過可以與海豚那麼貼近的游泳，伸手就可以接觸到牠的距離，不知過了多久，有時候在海裡總會這樣，意識到自己要沒氣前，眼中還沉浸眼前的美好，或許是巧合，或許是海豚感應到了，我邊看著邊跟著加快的海豚一同快速往海面上衝出，有一瞬間我與牠對視著，牠發出叫聲後就如鯨魚般落下並游走了，然後我身體本能的大吸了一口氣才緩和浮在水面上，放鬆了下來後才意識到，剛才的我已經快到極限了。」卡珊卓繼續說。

「妳這些都放在妳的部落格裡嗎？」愛蜜莉說。

「文字有，影片沒有，我也希望有影片記錄我所見的事情。不過美麗的風景照肯定有。」卡珊卓說。

「我想聽妳說說妳部落格上沒有的事情。」愛蜜莉說。

「照片總是比不上親眼見的精彩對吧！當然還有很多有趣的事，有幾次在岸邊盯著客人的安全時，偶爾會有一小群小小魚，為了躲避大魚的追殺，竟然急得跳出水面躲在我的肩膀後頭，第一次覺得湊巧碰上，但第二次、第三次就覺得那些小小魚似乎真的覺得我可以保護牠們似的，只會躲在我的後頭；幾次在外海帶遊客也是，都會有一小群魚兒在我的肩膀後跟著我一起游；或是在有一大群沙丁魚的外海時，那些魚兒們總是環繞在我身邊，好像我上輩子是條美人魚，可以保護牠們一樣。這世界上無奇不有，關於海洋還有我們人類太多不知道的事情，或許我有一世真的是條美人魚，而這條美人魚不是為愛而上岸，而是對火產生興趣而上岸。若是哪一天，我不幸命喪大海，我就直接游回去當美人魚也好，或是當隻鯨魚，龐大的身軀在廣闊無邊的深海裡優雅地悠游著，直至鯨落開始，以自身軀體回報給這個大自然，自始自終，優美不斷。」

「『這條美人魚不是為愛而上岸，而是對火產生興趣而上岸。當美人魚也好，或是隻鯨魚，直至鯨落開始，以自身軀體回報給這個大自然，自始自終，優美不斷。』妳真是愛浪漫的人。」愛蜜莉邊笑著邊重複著卡珊卓的話說道。

「才沒有呢！我告訴妳我還曾經在海裡大便過呢！」卡珊卓似乎開始醉了，話變多了，也更毫無遮攔了。

「蛤？」愛蜜莉像是聽錯了般，差點打翻酒杯驚訝地看著卡珊卓，接著說：「妳這個一定沒有放在部落格跟大家說吧！」

卡珊卓大笑了幾聲後說：「噢！當然沒有，當一個部落格的作家，我需要一點形象，何況，默散島才是主角。」卡珊卓笑了繼續說：「妳不知道在那工作有趣的事情可多了呢！我的上司跟我說，他會在沒什麼人的地方，在海裡像上廁所般褪下褲子，然後開始解放，因為魚群很多，加上氣味又濃厚，所以短短幾分鐘的時間，就能毀屍滅跡了、無人知曉，他還跟我分享，他曾經試著在五公尺深的水中解放，因為水壓的關係，解放的時間也就更快，就像女人若是在飛機上生孩子的話，也會比較快順產，都是因為壓力的關係。起初我也只是聽聽而已，但沒想到我也有突然不方便的一天。」卡珊卓說完便吃掉了剩餘的酸黃瓜咬在嘴裡。

愛蜜莉眼睛瞪大，很期待接下來的內容般看著卡珊卓，卡珊卓說：「那時候是上司要教我水中拍攝的技巧，帶我到了海龜常出沒覓食的淺灘去，但一下車還沒下水，我就覺得肚子開始絞痛，但是離廁所又有段距離，而且也很耗時，原本我想憋著到結束，但是因為肚子痛，所以氣也憋不久，拍的影片也更不穩，這時我才向上司坦白說肚子痛。上司聽了沒有為難反而有點興奮的叫我去試試看在海裡解放的方法，所以我就游到一顆大石頭後面接近岸上的角落去，心裡想著，反正證據很快就會消失滅跡，所以一定很快就可以乾乾淨淨的結束了，我看了一下左右確認水裡岸上都沒人後，就開始褪去防寒衣解放，然後就感受到背部脊椎垂直直上的一陣熱意緊貼著背部竄出水面，並開始四散漂。接著，就是我萬萬沒想到的事，可能是淺灘，又是跑到很接近岸邊的地方去，所以，一隻魚都沒有過來毀屍滅跡！那些證據們在我的周圍隨著海浪一直往我身上漂浮著過來，我趕緊穿回防寒衣然後游離那尷尬之地。」卡珊卓自信滿滿的說。

「我的天啊！」愛蜜莉大笑著差點聽不清她想說什麼。

卡珊卓沒力氣理會愛蜜莉的反應，因為即便如此，那也都是她最美麗的經歷之一，她從沒想過自己可以在海裡那麼自在又快樂，畢竟這工作開始前，她可是不會游泳的，當她再度踏上默散島時，卡珊卓的生活便也正式翻開了下一頁，她甚至想就這樣拋下一切，一輩子在這島上生活，身處在深海中，融入在自然裡，被大自然擁抱著，有時候下大雨時，從海裡深處往上看雨水打在海面上的畫面，宛如一幅畫，生動卻又靜心、美麗的畫。

卡珊卓繼續說道：「有時候也會跟同事們玩海裡的遊戲，一群人一起下潛後開始了無語的猜拳，贏的人才能上去做換氣，輸的人則繼續在底下猜拳。或是在水底裡躺著，利用嘴型去吐出一個完整的圓型氣圈，這個叫做バブルリンク（ba bu ru rinn ku），隨著氣圈越接近水面，氣圈也會自行擴大變成更大的圓圈，如果做得好，在浮出水面前，氣圈是不會破掉的，而在這個時候，自己朝著氣圈游，游過氣圈浮出水面，這個畫面我認為是最美的。

「那個叫ba bu ru rinn ku的，妳成功過嗎？」愛蜜莉嘴裡散發著火腿片香氣說。

卡珊卓拿出筆電打開自己的部落格網站，畫面只有五秒鐘：「是ba bu ru rinn ku，妳看，就這一次，僥倖的成功。」卡珊卓接著說：「有一次因著某些原因，在外海某處的V點過於老舊，上司決定取出並換到另一個地方，而在取出的過程，我們不是要潛到浮球的地方就好，而是要潛到綁著浮球的最根部，然後解開繩子，前面因為上司們努力了好幾次實在沒力了，所以輪到我，第一次下潛沒成功，因為就在我終於搞懂是怎麼綁的時候我已經沒氣了，所以第二次才順利解開並整個取出，其實僅是這樣的工作，憋著一口氣下潛至比平常還要深的地方然後使力，但能幫上上司的忙，我也很開心。有時候上司也會想知道我的極限，他就把他的潛水手錶給我戴，那時候最深可以到十一公尺左右。」

「十一公尺？為什麼不再繼續下潛？」愛蜜莉問。

「這個嘛！因為到底部啦！而且再更深的地方太黑了，我不敢往下。」卡珊卓說。

愛蜜莉邊笑著邊滑著部落格的文章問：「妳經營部落格多久啦？」。

「也許有幾年了吧，只是默散島的生活讓我累積了更多粉絲，大家都很期待我接下來的篇幅，我也從中找到屬於自己的寫作方式。」卡珊卓。

「默散島的經歷真的讓妳改變很多，我看過妳以前的文章。」愛蜜莉說。

「天啊，妳一提到我還真的想刪除那些剛起步的紀錄。」卡珊卓有點害羞地說道。

「不，我覺得是妳看事情的角度變了，或是說看待事情的態度不同了。」愛蜜莉繼續說：

「像是一種成長。」

「那我還挺幸運的。」卡珊卓說。

「妳是，卡珊卓。」愛蜜莉說。

「妳知道嘛，有一次我們從外海回程的路途上，我看見默散島某處的天空連結到地上的房子都是霧濛濛的，而且只有那一塊是這樣，上司說表示那裡在下著大雨，我心裡想著：『好幸運，我可以從平常見不到的角度在看生活日常的自然』。」

見愛蜜莉正專心地看著其他照片，卡珊卓便起身去廁所，藉著酒意回憶著過去，看著鏡中的自己，也看見了在默散島也沒有萬事都順利的時候，有時候颱風來時，他們為了要確認能不能如期帶遊客下海，所以常跟著上司們開車去岸邊看海況，卡珊卓永遠忘不了不能下海的海面，女海神正跳著她獨特舞步，厚重雲層擋住的星空是她華麗的皇冠，閃電則是黃冠上閃亮的寶石，隨著天上的雷聲響亮的奏樂，她跳得越是起勁，而天上落下的喜悅，滴灑在她的臉上更是讓她興奮地放肆掀開起海裙、旋轉、跳著像人類跳的森巴舞蹈一樣，動作大膽、節奏快速。狂風挖起的海浪用力地打在岸邊的大石上所發出的聲響，都像似在打著大鼓為女海神熱鬧般，為祂們神聖的慶典獻上最響亮的祝福。

一股尿意讓卡珊卓稍微清醒過來，迷迷糊糊地坐在馬桶上，腦海裡還殘留著最難忘的經歷，在那身為外國人最險境的情況，文化不同的關係，卡珊卓曾與老闆發生過爭執，最後卡珊卓在忍無可忍的情況下，在年底中旬左右提出了離職，由於提出的時機不對，卡珊卓差一點沒有地方可以住，那時候的卡珊卓一邊上班，一邊拚命地找工作，吃喝與睡覺都已不在日常行程內，而令人想不到的是這座島算是離島中的離島，所以在網路找資訊不比翻當地報紙的多，卡珊卓除了翻報紙找職缺以外就是實際開車一間間的店家看店面有無徵人啟事的消息，更不用說島上的人文風情，平日裡營業時間去也會遇到休店，島上的店家老闆們都隨意得很，客人們撲空都是常事，何況是要聯絡爭取面試的機會。而在最後期限的凌晨三點，卡珊卓透過網路投履歷到一家商業飯店應徵，結果隔天早上九點左右接到面試通知，約定下午四點面試，可能因為在這樣的絕境下，卡珊卓在面試過程中散發著親人又外向的樣子，所有回答都是信手捻來、即興發揮絲毫不怯場，使得過程相當順利，在當天晚上七點就被通知錄取消息。工作事情一定下來卡珊卓便開始打包所有行李，訂了隔天往京都的機票，狠狠地玩了四、五天，讓壓抑已久的情緒在那幾天全部肆意地釋放出來。

時間來到晚上的九點。

「妳那時候打算在日本待多久？」愛蜜莉問。

「一輩子。」卡珊卓看著瞪大眼睛的愛蜜莉回道，卡珊卓繼續說：「真心喜歡默散島是一個原因啦！不過既然都到了國外翻開了人生的下一頁。我就想挑戰自己一個人可以在國外待多久。畢竟國外生活是我連作夢都沒想過的事情，有個好機會，為什麼不好好把握呢？所以才狠心辭掉原本的工作到那去，而且一開始我還以為沒希望了呢！」

「什麼意思？」愛蜜莉問。

「我一開始跟已經在那就職的導遊聯絡著，我問了很多很多問題，畢竟我沒做過這行業，然後漸漸地就沒下文了，我以為沒希望了，有些失落覺得以後就一輩子待在自己國內生活吧！直到了過年，想說畢竟之前承蒙他那麼多照顧，花時間回答我的所有問題，所以意思上就跟他拜個年，結果妳知道他回傳什麼嗎？」

「新年快樂，請問妳是誰？」愛蜜莉一臉調皮的口吻回道。

「前面對了，但後面錯了。」卡珊卓跟著愛蜜莉笑了一下說：「下一句是：『對了，妳被錄取了，恭喜妳』。」

愛蜜莉瞪大雙眼，趁著愛蜜莉還沒開口時卡珊卓繼續說：「我知道很扯對吧！還好我有問，那導遊說他太忙了，忘了跟我說，妳看，我就說他們真的很缺人力，接著導遊就說老闆希望我能盡早過去，越快越好。所以我就馬上辦各種手續、簽證和辭職信。」

「酷！很有冒險家的風格。」愛蜜莉說。

「是呀，就是來玩的。」卡珊卓笑著說。

「妳在默散島都住公司宿舍嗎？」愛蜜莉問。

「不，有一陣子住在當地認識的外國人朋友家。他們是一個小家庭，太太是日本人，還有一個不到五個月的女兒。」卡珊卓說。

「住進日本人家，還有小朋友，哇！那一定又是另一種生活對吧！」愛蜜莉說。

「對呀！但換妳說了！我發現妳身上又多了一個刺青。」有點微醺卻突然變很興奮的卡珊卓說。

「最近刺的，喜歡嗎？」愛蜜莉依舊相當清醒。這就是為什麼，都是愛蜜莉送卡珊卓回家的原因了吧。

「告訴我，關於妳的刺青。」卡珊卓說。

愛蜜莉看著卡珊卓喝醉的樣子，開起玩笑的說：「好看，這能保護我。」

「護身符嗎？」卡珊卓問，問完後又喝了一口手上的白酒。

「算是，不過是保護別人不受我騷擾！」說完，愛蜜莉馬上撲向卡珊卓瘋狂搔癢她。嚇得卡珊卓的高腳杯都掉了，兩人一陣嬉鬧後。卡珊卓說：「說真的，妳可以告訴我，反正我醉了，搞不好我醒來就忘了。」

剛剛還很活潑陽光的愛蜜莉，沉默了一會說：「一個人擁有一個悲傷的故事，會使人產生憐憫和心疼，但一個人若是承載太多不幸，反而會被當成不幸的主因，不管那個人是否真的無辜。」

「那妳告訴我其中一個就好，最精彩的，也許我能幫妳，不過，我得先去拿點吃的！」說完卡珊卓就起身去開另一瓶白酒，並從冰箱拿出含有酒精成分的冰淇淋，和準備好的水果鬆糕。愛蜜莉看了卡珊卓後笑了一下說：「卡珊卓，妳總是想著要幫助別人。」

愛蜜莉從她母親開始說起，一個出現在愛蜜莉生活裡卻從沒出現在愛蜜莉人生中的母親。從小到大的情緒處裡，或是求學路上的各種選擇，都是愛蜜莉一個人想辦法決定，母親從不關心她，即使愛蜜莉很努力地製造機會，想與母親產生連結，但時常被母親下意識的拒絕。例如：有一次愛蜜莉推薦了一間早餐店，想跟母親一起享用早餐時光，母親雖然答應了，但是開動沒多久，母親覺得很難吃，故意吃了一半就擺張臭臉，並要求服務人員把菜收走，這讓坐在正對面的愛蜜莉覺得很難堪。或是，買了母親喜歡的名牌包包後，母親不僅沒有很開心，甚至連一次也沒用過，就這樣放到真皮都毀損了，「我忘了。」母親說。母親時常忘記愛蜜莉，忘記她的好意、忘記她的存在。

愛蜜莉長大後，母女倆關係變得更為冷漠，父親早逝，母親後來交了個男朋友，但是有長達一年的時間，母親總是在每個星期五晚上，跟愛蜜莉說：「我要出去，星期一才會回來。」就這樣沒其他解釋，獨留愛蜜莉一個人度過假日，經過整整一年後的某天，愛蜜莉無法接受母親打算就這樣把家當旅館的生活，這才要求母親說出她假日都去了哪裡。其實愛蜜莉從沒有反對母親交男朋友的想法，她反而覺得多一個人愛她母親，有什麼不好呢？她只希望母親能夠把她當家人看待，尊重她的感受。

「喵。」莉婭在櫃子上方打了個哈欠，雖然閉上眼睛，但耳朵可是隨著愛蜜莉的情緒起伏，仔細聆聽著。莉婭想她母親已經入戲太深了。

「妳說了那麼多關於妳母親的事，那妳父親去哪了？」卡珊卓說。

「工作關係去世了。」愛蜜莉回答道。

「噢！我很遺憾。」卡珊卓有點清醒的樣子了。

「不，不需要覺得遺憾，因為從小他就會摸我，喜歡在經過我旁邊時，打我的屁股，趁我生病時，故意說要幫我看診，進來我的房間，或是在我洗澡時硬闖進來說：『等會有客人要來，讓我進去刷牙！』雖然我抵著門很久很久了，雖然母親在廚房，也聽得一清二楚，但是我母親從來沒想要阻止。他是我父親，那時候我也才十幾歲。」愛蜜莉越說聲音越低落，突然間就不說話了。

冰淇淋開始融化。莉婭嘆了口氣，這是最常見的事情了：家庭性暴力。莉婭無法想像怎麼會有這種人的存在，可能是莉婭從未見過自己的生殖器吧，收容所規定要閹割的。若存在是種傷害，不要也罷。

「妳父親是醫生嗎？後來怎麼了？」卡珊卓驚呼地做起身來問道。

「不，他不是。後來能怎麼了，只能讓他進來，我一身光溜溜的，只能躲在門後面等，我還記得他刷牙時，整張臉都貼在鏡子上，分明就是要看我裸體的樣子。」愛蜜莉似乎受不了記憶變得清晰，直接一口喝完杯子裡的白酒後繼續說：「但是已經結束了，因為他死了，只要人死，害怕的連結就會結束。何況那都好幾年前的事情了。我現在恨的人是我的母親，因為她失職了，沒有打算保護我，更不用說教我怎麼保護自己，如果有來世，我希望永生永世都不要跟她再當家人，我已經很努力試著原諒她、親近她了，但她從未對我付出真心過。如果說有什麼從我母親身上學到的話，就是放下別人的課題吧，她有她要學的，她的課題不是我的問題。長大後我開始迷戀上刺青，我覺得那是我第二層皮膚，我這次可以保護好我新的自己。」

卡珊卓坐在沙發上垂著背，像似打瞌睡般一手托著腮沒說話。

抓到了，莉婭想。

愛蜜莉以為談話結束了，正要起身離開時，卡珊卓像是迴光返照似的，突然張開眼睛緩緩說道：「也許，妳最忌諱的不是妳的母親。」

很好，繼續說啊！卡珊卓，不要錯過這次的機會。

「也許，妳還在害怕著妳父親，恐懼其實並沒有消失，只是妳沒發現而已。」

「什麼？」愛蜜莉坐回沙發上一臉不可置信地說到。愛蜜莉總以為了解她自己，但是我們不可能全然記得小時候的自己。

卡珊卓自開始聽愛蜜莉的故事後，就沒再喝酒了，這段時間，她的醉意已經消去了很多。她繼續說道。

「時間不會修復傷口，時間其實很狡猾，誘騙妳的內心去背叛妳，悄悄的控制住妳，妳就像溫水煮青蛙般，活在恐懼裡卻不自覺。」

愛蜜莉似懂非懂地聽著。卡珊卓接著說。

「一個人的死，也不代表事情的結束，妳從沒看過妳父親真心的向妳道歉並懺悔對吧？所以妳不會感到安全。時間是幫兇，讓妳遺忘妳曾經有多害怕，讓妳找不到妳的恐懼來源，它會把妳真正該面對的東西藏起來。讓妳誤以為妳已成功戰勝了心魔，但其實妳被騙了，妳內心深處早已被俘虜了。」

「嗯哼！被什麼給俘虜了？」愛蜜莉問。

「愛，親愛的，是愛。」卡珊卓說。

愛蜜莉似乎想起什麼了。「也許，是這樣吧！這是個圈套，但我沒發現。」

「什麼圈套？」卡珊卓問道。

「後來我在大學時期，遇到一位男老師，初次見面時，我聞到他身上的味道後，覺得非常心安，從此對他印象非常好，但後來，我發現他只是利用他老師的身分，玩弄了我一番。」

愛蜜莉接著說：「和男老師的事情過去後許久，某一天我打開家中的一個櫃子，一打開就散發出充滿熟悉的木質調性、麝香基底的香水味，仔細看了裡頭的東西，那正是我父親生前用的香水，也是那位男老師用的香水，香水的基本調性都是一樣的。」愛蜜莉停了一下冷笑道：「我只記得父親對我做過的事，但卻忘了我也很愛他、很信任他。但這是我自作自受，輕易的被兩個男人玩弄我的身體和感情。」愛蜜莉沒有很大的情緒反應，像是看破了這場賭局的手段般冷冷的說出心裡的感受。

果然精彩，好一記回馬槍，至少她現在知道是怎麼回事了。不管從內心多深的深處裡，散發出來的恐懼氣息，除了我們貓咪之外，人類是很難發現到的，沒有人會想承認自己的害怕，即使想面對，也只是用自己的角度，去面對自己想面對的事情。卡珊卓能發現這點，察覺能力算不錯，用在自己身上會更好。

她們繼續邊喝酒邊聊天，到了凌晨後，便順勢一起睡在卡珊卓的床上，「晚安，貓咪，生日快樂！」愛蜜莉說。莉婭看著她，莉婭感覺到有些東西變了。「晚安，莉婭。」卡珊卓給莉婭一個睡前晚安吻、摸摸莉婭的頭，像是在告訴莉婭，今夜就讓莉婭自己繼續躺在櫃子上方休息吧。反正莉婭也累了，爬不回床上，何況莉婭也不想跟她們擠，瞇了眼睛撇過頭去，倒頭就睡著了。

2 噩夢

隔天早上，愛蜜莉在卡珊卓還沒醒之前，清洗了碗盤和杯子就開車回家了，在路途上，愛蜜莉一手握著方向盤，一手靠在窗，眼睛盯著前方，熟悉的街景無人的街道，蓋上一層清晨的氣味，愛蜜莉回到了住處，把車子開進車庫裡，接著上樓到臥室房間，爬上了床躺進丈夫的懷中並雙手捧著他的臉親吻著他，熟睡著的丈夫聞到了熟悉的味道，便像花朵綻放般慢慢甦醒。

「我喜歡妳晚上回家時的味道。」愛蜜莉的丈夫說。

「什麼味道？」愛蜜莉閉著眼享受著被緊緊擁抱的感覺。

「有一絲絲的葡萄酒味。」愛蜜莉的丈夫繼續說：「我看過妳朋友寫的部落格。」

「噢！真的？」愛蜜莉說。

「是呀，她寫得挺有趣的。」愛蜜莉的丈夫說。

「你喜歡嗎？」愛蜜莉問。

愛蜜莉的丈夫把愛蜜莉擁入懷裡更緊了，邊親著愛蜜莉邊笑著說：「我喜歡妳說給我聽，親愛的。」

＊　＊　＊

那天之後好幾個月，莉婭都沒再見到愛蜜莉，至少是沒再聞過之前的氣味了。

有一天卡珊卓在半夜時失眠，她突然轉身緊抱著莉婭，莉婭陷入在她的雙峰之間，差點兒都要窒息；幸好莉婭的心臟比其他貓咪小，不然這麼狹小的縫隙，是容不下莉婭的身軀的。

她閉著眼睛對莉婭說，她最近不斷夢到過去，在她還是小學生時每天都與父親共眠，而在某天半夜她突然睜開雙眼而映入眼簾的事，是她與她父親躺在床上睡覺，但她的父親一手正摸著她下體的畫面，她人在天花板看著，她以為人只有在瀕臨死亡之際才會靈魂出竅，她感覺的到身體跟躺在床上的自己一樣僵硬，下體也有種灼熱感。有幾次她還夢見她是位軍人，軍官命令大家站好一排不准動，接著她感覺有人不停地在揉著她的屁股，像是揉了一整夜般一樣長。這兩個夢境輪番的在夜晚折騰著卡珊卓，隨著次數越多，夢境就越真實，感受就越深刻。卡珊卓哭了，將胸前的莉婭抱得越來越緊，她的淚水滲進莉婭的毛髮中，還一面吸著莉婭的後腦勺，沒打算停似的。

「喵。」莉婭被擠壓出聲音，莉婭心想：「妳會中毒的卡珊卓。」

蜻蜓點水般產生的漣漪，愛蜜莉的過去影響到了卡珊卓，像是喚醒沉睡已久的記憶，即使只有輕微的敲擊，也能讓人揮之不去。卡珊卓已經連續好幾個月陷入了失眠狀態，身體疲累卻輾轉難眠的狀況，使得卡珊卓越來越焦慮。

入睡後的夢境偶爾又會是另一個陪伴她童年的夢魘，夢裡自己在找總是逃避她的母親。她最近又夢見了母親，母親依舊是看到卡珊卓就準備逃跑，但這次不一樣了，母親去的朋友家沒有後門，當卡珊卓從樓梯準備上樓時，在二樓的母親早已開始準備逃跑，很快的，母親發現卡珊卓的方向是唯一出口時，儘管卡珊卓已出現在門口，母親照樣直往卡珊卓方向衝，撞開了卡珊卓後，轉身向樓梯方向逃跑。卡珊卓想這次距離終於拉近了，她趕緊追下樓，但在一樓的騎樓時，母親突然不跑了，並轉身看向卡珊卓，兩人中間隔著一個巨大的人孔蓋，寬度就跟騎樓一樣寬，母親看著卡珊卓笑了笑，這次的夢境不一樣，母親似乎反常地準備接受卡珊卓，在卡珊卓還不知道要做何反應時，母親彎下腰，用手一把抓起在人孔蓋邊緣的蟑螂往嘴裡塞去，卡珊卓愣住了，母親笑了。

人類的大腦是上帝最用心、花最久的時間所創造出來的，與其他動物相比，根本是特別給人類的禮物，現在人類雖然生活越來越進步，但其實也只有用了大腦的局部而已，擁有者竟然無法百分之百，有效率的來運用這麼好的禮物？親愛的上帝或許用了太多心。

不過有個保護機制卻成功被人類開啟了，是解救心靈的好幫手，專門保護自己不繼續犯傻的裝置。最後的夢境是卡珊卓的淺意識給自己的，這個千遍一律的夢境設定，卡珊卓自己創造出了結局，來結束這個永無止盡的輪迴，並告訴卡珊卓：「快快長大吧！不管妳怎麼做，都不會得到媽媽的愛。」

叮咚，某天，門鈴聲響了起來。

「門鈴要慢、慢按，這才不會打擾到屋裡的人。」房東太太曾經交代過的話語，隨著門鈴聲打破了屋內的低迷。「噢，繳交房租的日子到了。」卡珊卓心想，並從床上疲憊的爬起，叮咚，「來了，稍等一下。」卡珊卓順手拿著椅子上的披肩披在身上，搖搖晃晃的前去開門，「嘿，卡珊卓！妳今天好嗎？」六十幾歲的房東太太，依舊是一身健朗和高亢的聲音問候著。

「嘿，您好！不好意思房子有點亂。」卡珊卓羞澀地回道。

「噢！妳是說妳自己吧，親愛的。發生了什麼事呢？」房東太太說。

「這個嘛！只是有點宿醉而已，您要不要先進來坐坐，我拿房租給您。」卡珊卓恢復了精神回答。

過了一會房東太太接過了遲來的租費，有點遲疑的說道：「親愛的妳知道嗎？我手頭上有一份工作，剛好在妳這附近，一間剛上市的國際雜誌裡頭的旅遊編輯部職缺，我想很適合你們年輕人。」說完便親了親卡珊卓的臉頰在她耳邊說：「妳該試著上軌道了，這份工作會很適合妳。」和藹的房東太太拍拍她的肩，微笑著離去。

3 孩子

一個月後，卡珊卓正式成為一位旅遊編輯者，上班的第一個休假的午後，一個男人按了卡珊卓的門鈴，是卡珊卓的前男友，名叫傑克（Jack），三十歲，一七二公分，有著原住民血統、皮膚晒得黝黑、五官精緻、眼睛大得可愛。一股半生不熟的腥味，隨著門被打開而放肆、無禮地衝向家裡各個角落去，莉婭趴在家中的制高點上都要受不了了，卡珊卓若有半個貓鼻子靈敏的話，早就會跟這個男人斷絕關係了，當時卡珊卓小產後，傑克一直不肯負起責任面對現實，驕傲的他也拒絕照顧卡珊卓的身心，認為卡珊卓只是在鬧小孩子脾氣，傑克甚至絲毫未發現，卡珊卓早就因他這樣冷處理的行為，漸漸磨耗對他的愛，但是傑克還一味地認為分手後，很快就會復合了，傑克從來就沒愛過卡珊卓，如果你愛一個人，當對方變心時，你會知道。而可憐的卡珊卓身心承受流產帶來的痛苦之餘，還要應付這個裝沒事的傢伙，最後卡珊卓選擇分手並不再聯絡，直到今天。

「噢，嗨。」來應門的卡珊卓有些驚訝，卻不失禮貌地說。

「好久不見！」傑克說。

「你來做什麼？你怎麼知道我這裡的？」卡珊卓挑著眉，望向沒打算說明來意的傑克。

「妳看起來氣色不錯！」傑克一臉安心地說道。

莉婭心想這傢伙好幾年前就是這個味道吧！不知道鏡子長甚麼樣的人，往往都會傷到愛他的人，這種人身上都會有個未成熟的生腥味。

「給你最後一次機會，你來做什麼？你又是怎麼知道我這裡的？」卡珊卓闔起半個門，冷冷地說道。

這種嚴厲的態度，第一時間就應該反應出來了，莉婭心裡想著，並站起身，想好好看看卡珊卓會怎麼對付他。

「聽說我們在同一間公司上班，我是來跟妳道賀的，何況我們都這麼多年沒見面了耶！」，傑克被無情的對待，明顯有些不愉快。

「你若再私下找我，我會去跟公司反應。」面對突如其來，還如此厚臉皮的前男友，爛好人卡珊卓也終於堅定地拒絕了他。

莉婭真高興結果是這樣！但若可以再更快些解決會更好，在那種人身上多一秒時間都是浪費。生腥味消失後莉婭感到一身舒暢，卡珊卓終於有會生氣的時候了，與家人不熟，卻又想跟家人親近的卡珊卓，時常扮演著熱臉貼冷屁股，去討好關係獲得關注的角色，這讓她在感情上也容易遇到爛桃花，只要有人對她產生一點好感，卡珊卓馬上就會深愛上對方，到最後只剩卡珊卓一人，在努力經營這段感情。當初和傑克認識沒多久，兩人一起去看電影，電影中有一幕是敵方軍隊正在拷問著無辜平民，在下雪的寒冬裡，軍官搶走婦人手中的嬰兒，並故意放在雪地上，把孩子身上唯一的布給解下，任其受寒。這一幕讓傑克感到無比心疼，甚至差點要坐不住椅子，卡珊卓以為會對他人產生憐憫的人，都值得依靠，至少充滿愛心又有道德倫理。但最後卡珊卓只知道，說故事的電影業者們為了展現出更具體的臨場感，哪一部影視作品不是用心的靠著悲慘的音樂、專業的鏡頭聚焦和剪輯，來令人感到感傷，使人落淚？傑克單純只是因為當下氣氛關係，而有了短暫的適當的反應。

前男友的出現，讓過去孩子的事情，又再次浮上心頭，當初孩子來得太快，卡珊卓沒準備好迎接，她從沒想過自己會懷孕，只是胃口突然改變了幾週後發現經期延後了幾天，直覺突然異常準確的她，在男友不知情下自己先一步去便利商店買了驗孕棒，並當場在便利商店的廁所驗了，當兩條線浮出時，卡珊卓已經決定之後的日子了，她快速且果斷地選擇了墮胎，卡珊卓感受到那些藥物是她的手爪子，透過藥物把自己子宮內膜一層層無差別的剝下，讓胚胎在這期間離去她的身體中。但傑克對這些卻絲毫不在意，他只是當個司機載著卡珊卓到醫院複診，讓卡珊卓「一個人」走進醫院，走出後一句關心的話都沒有；讓卡珊卓「一個人」去藥店買藥，自己則在店門口等，對於這整件事，傑克所付出的，只有那醫藥費，然後對於卡珊卓身心上的傷都視而不見，照舊躺在卡珊卓的床上呼呼大睡，好像時間過了，早上醒了卡珊卓就會恢復他最愛見到的笑容，只需要時間就好，其餘他什麼都不用努力。

卡珊卓不曾後悔自己做出的選擇，卻對未出生的孩子感到無比慚愧和羞恥，當時的每一個夜晚澈夜難眠，一到早上，眼淚總是在腦子醒了後直接滑落下來沾溼了枕頭，讓卡珊卓不想張開眼睛，想就這樣躺著。

這些隨著前男友的生腥味而濃烈起來的過往，隨著前男友的離去而開始變淡，莉婭以為卡珊卓要準備去參加久違的變裝派對，結果她躲在房間裡一整個下午都沒出來。

關於小孩未出生的事情，在規則上是不分男女，都會留下痕跡的，畢竟靈魂是不分性別的。貓咪嗅得出來，卡珊卓身上有痕跡的味道，這個男人也有，卻更重。倒也不是因為次數的關係而影響了味道的濃淡，這取決於你從事件中的看法，以及有沒有記取教訓而決定，人類身上的氣味相當重要，到時候接受上帝審判時，身上的味道，就是你這一生的鐵證，再華麗的說詞都逃不過上帝的鼻子。

已經一個下午了，莉婭終於受不了，起身跳下櫃子，往卡珊卓的房間門去，「喵。」莉婭抓了抓門，理了一下自己手上的毛，等了一會。「喵！」莉婭叫得更大聲、抓得更用力、心臟也跳得更快，外頭已開始下雨，又溼又冷的天氣，今晚的雷聲特別大聲，像是索爾和宙斯在搶奪地盤似的，轟的像是在說：「我們快！」，快餓死了，卡珊卓！卡珊卓再不放飯莉婭都出現幻聽了，她不能這樣對待莉婭的心臟。

沒過多久房門開了，卡珊卓頭髮凌亂，一臉臃腫，她先是去廚房幫莉婭倒一碗乾飼料後，開始準備莉婭的罐頭。她沒有說話，莉婭靜靜地吃著自己的晚餐。

任何靈魂都一樣，不管遭遇多大的痛苦，都必須繼續向前走，持續往前，不斷接受新的打擊，才有機會療癒過去的自己。

「你很幸運。」有個聲音說。

莉婭抬起頭，卡珊卓正望著莉婭看，她緩緩地繼續說：「我一直無法釋懷自己對那孩子做的事，她那個時候才五週大，但我已經知道她是個女孩，一種強烈的直覺。你知道為什麼我會選你嗎？」

莉婭從未見過卡珊卓的神情如此低落過。

「我有一次做夢夢見她，她來向我道別，她還沒開口，我就可以強烈感受到她對我的愛，但她只對我說了一句：『太笨了。』我其實根本沒有臉面對她，也沒有表現出對自己孩子該有的愛，更不用說，問她是什麼意思。我覺得我沒資格問，也深知自己有時候的確很笨，不然怎麼會交到這種男人呢？我記得當時我還在服藥中，有一次我跟他出去，回程時下起了大雨，兩個安全帽的其中一頂，因為掛在摩托車的外面而溼透了。他堅決要我帶溼的那一頂，我可是還因藥物關係在不停的流著血呢！他很清楚，因為我特地提醒他了，但是他認為他會先送我到家，所以只能是我戴。他非常堅持不肯讓步，最後他是乾的頭髮到家的。」

這故事的結尾，竟然不是當下分手？或是賞他幾個巴掌？聽著卡珊卓接著說時，莉婭差點噎到自己。這怎麼會只是有時候的確很笨而已，心裡空虛想找個人愛也不是這樣像是在養寵物般，噢，莉婭突然意識到怎麼可以這樣羞辱自己，莉婭想這是在養廢物吧？別人談戀愛走著走著就散了，我這主人怎麼談個戀愛走著走著就把自己搞丟了？是嫌手上的那杯熱水握著不夠燙嗎？非得滾燙到溢出來燙到整個手背才知道清醒嗎？看不出那叫傑克的人已經腐爛了嗎？「蠢」字會不會寫？嫌筆劃多不會寫的話，「笨」字至少懂吧？若會寫卻不懂其意思那我當喵的真要翻白眼吊個三天了。莉婭舔了舔自己的手，打了個大哈欠，順便洗了一下臉緩和一下情緒。

卡珊卓接著說：「小產的事結束後，我經濟也穩定，所以便決定認養了一個國外的孩子，你知道當我把這好消息告訴他時，他說什麼嗎？」莉婭鄙視著盯著卡珊卓懷疑自己的主人想把自己嗆死。卡珊卓笑著說：「他說：『妳是在為懺悔做彌補嗎？』」莉婭心想，那男的若是再度上門，自己就會在門開前轉向大門，像是捕捉獵物般，蹲低身子、眼睛盯著目標，隨著門把被轉動，接著抬起屁股準備個預備姿勢，然後在那張臉出現時，從高處跳下朝著他的面部大聲哈氣好吹散那些腐臭味，並用尖銳如刀刃的貓爪子在他臉上劃上「渣」的代表符號，然後再迅速以他的臉當跳板跳開生腥味本體。「男」字就不用了，曾有一句話說：「有人打你的右臉，連左臉也要轉過來由他打」，不是莉婭不照著上帝旨意，且莉婭只是貓，不需知道其中深意，本貓只認為他不配。

「在夢境的最後，她臨走前要求我給她一樣東西，是掛在我脖子上的項鍊，這我也有送給我前男友類似的，我想這是我們三人唯一的連結了。」卡珊卓轉回頭去，再度陷入當時的情景裡說。

莉婭坐起身子挺直背，莉婭吃夠了，留著剩下約兩口的貓糧，不再專心聽卡珊卓說的話，莉婭怕還會有更愚蠢的事情，讓自己給噎住了。

「後來我遇見了你。下雨那天我從夜店裡出來，準備回家，我突然覺得我這輩子，是不會再愛別人了，也不會有人真的愛惜我，與其參與他人的人生，不如養隻貓陪我度過餘生。當我看到你時，你胸口上白色圓圈讓我想起我的女兒，也許你就是她。」

噢！這有可能嗎？莉婭心裡想，上帝有時候人手不足，也許我只是來代打的，畢竟，靈魂被打造的最初時期，大夥們誰不彼此相愛呢？莉婭希望卡珊卓不要太認真。卡珊卓走上前，把莉婭給抱起親了額頭一口說：「明天見。」

第六章

冒險

1　外出

十月將至，卡珊卓每年年底都會過得很倒楣，這大概是某種詛咒吧？這星期五的傍晚開始，突然下起了滂沱大雨，一整晚的雷聲陣陣，使得卡珊卓下班後無法出門購物。隔天天氣晴朗但溫度溼冷，莉婭在窗邊看風景時，在隔著一條街的距離，看見卡珊卓正拿著一袋裝滿生鮮蔬果的大紙袋，經過廣場的噴水池時，突然一隻老鷹朝著那袋紙袋俯衝，老鷹的爪子剛好揮到放在最上層的雞蛋盒，一盒十顆裝的雞蛋應聲落地，啪的一聲，留下錯愕的卡珊卓一人站在廣場上，面對地上突然出現的雞蛋，卡珊卓是愣了許久。那時候是早上十一點多，雖然是假日，但是隔壁小鎮有個遊樂園剛開幕，鎮上人們幾乎都跑去參加開幕典禮，聽說開幕那週假日門票打六折，真是不懂卡珊卓為什麼不去湊個熱鬧，偏要去購物，還遇上老鷹的襲擊。

卡珊卓抬頭看，發現天空有兩隻烏鴉和一隻老鷹，仔細一看，竟發現牠們在打架！卡珊卓露出一臉不可置信的表情看向天空，兩隻體型不小的烏鴉追著老鷹飛，老鷹看起來搞不好還未成年，真是倒楣極了，看樣子老鷹是為了躲避烏鴉的襲擊，才會故意飛得很低改變航向，或是，單純想攻擊好欺負的卡珊卓。一個靈魂的氣質貓咪都能聞得出來，何況是物競天擇、適者生存為王道的野生動物呢？莉婭要不是有任務在身，早就把卡珊卓的家給翻過來了。

可憐的卡珊卓，她看著地上破碎的雞蛋想清理，卻又很害怕再度被老鷹襲擊，最後她選擇先回家，但是在路邊等紅綠燈時，又被行經的車輛濺起的水花給噴得一身溼，卡珊卓還穿著新買不到一星期的米色大翻領剪裁式的長板大衣呢！突如其來的水花，讓卡珊卓再度錯愕、兩眼呆滯地站在馬路邊。野生動物其實也只是照著本能做事，但是面對這種無心的物理攻擊，真是精彩得讓莉婭站起身來，想好好看看這場戲會怎麼演下去，順勢也嗅一嗅空氣的味道，莉婭想自己的糧食沒事，接著躺回窗邊。

莉婭看著卡珊卓一副歇斯底里的樣子，開門進來，她先是趕緊拿起手機，拍了幾張烏鴉大戰老鷹的照片後，再拍了拍那群霸道的烏鴉幫卡珊卓收拾殘局的畫面。嗅得出來，那幾隻烏鴉可是很得意，像是拳霸賽中，時間一到就會響起的鈴聲一響，雙方就會各自退回自己的陣營，讓人捏捏肩膀、喝個水、吃個蛋黃補充營養休息一下，但是只有隻身一隻的老鷹，可就沒這個福利。卡珊卓拍完烏鴉吞下躺在地上的新鮮蛋黃的照片後，傳給了許久沒聽見的名字——愛蜜莉，深怕沒有人會相信發生在她身上的事似的，然後就衝去洗澡換衣服，準備出門把大衣拿去送洗。

還好我們貓咪不需要靠別人來取得自我認同，剛剛親眼見到的畫面，就足以讓莉婭回味好一陣子了。莉婭起身，爬到專屬的櫃子上，想遠離躁動的氛圍。莉婭打算做點別的事。上帝要莉婭完成任務，卻不透漏絲毫細節，老實說莉婭連個方向都沒有，竟然還限時間，上帝至少給個名字或事件吧？

莉婭的頭開始疼痛，只有天知道上帝的計畫，莉婭想破頭也是浪費時間，不如去兜風！莉婭趁著卡珊卓出門時，溜了出去，四處瞎晃，莉婭過了馬路，走到卡珊卓剛剛被襲擊的地方，噴水池澆熄了很多現場殘留的暴氣，卻澆不熄老鷹和烏鴉這對世仇。

在天堂，牠們的故事幾乎人人知曉，據說在古希臘公元前八世紀以前，烏鴉曾是白色的，替祂的主人象徵著光明、藝術和醫藥，為世人們傳授醫學知識[1]，在人間可說是非常受歡迎，在某一次的任務中，主人交代烏鴉，把剛誕生只有兩顆的銀杏種子中的其中一棵，交給人民種植，烏鴉嘴裡含著一顆後，便啟程飛向人間，但卻在霧氣中撞見了老鷹，老鷹平常是不走那條航道的，每個眾神的代表，都有屬於自己的專屬飛行航道。

突如其來的撞擊，使得銀杏種子卡在烏鴉的喉嚨中，進也不是出也不是，面對主人的質問，烏鴉「啊、啊」地講不出話來，主人非常生氣，便把純白烏鴉變成黑的，而自己則親自拿著最後一顆銀杏種子前往人間完成任務。從此在人間，只要是至高無上的神[2]看不見的地方，烏鴉總會想辦法結伴一起圍攻老鷹。

至於我們貓呢？我們向來保持政治中立從不插手。不過經典故事中的大戰發生在眼前，怎麼

---

1 阿波羅（Apollo）是古希臘神話中的光明之神，也是醫藥之神，把醫術傳給人類。其象徵代表之一為烏鴉。

2 宙斯（Zeus）古希臘神話中統領宇宙的至高無上的天神。擁有閃電為武器，老鷹為代表標誌之一。

能不去瞧瞧？只可惜莉婭趕到時，世仇者們已打到莉婭追不到的地方去了。莉婭順著車子的方向往隔壁小鎮上去，莉婭覺得自己應該走了至少三十分鐘？還是有三個小時？誰知道呢！貓咪可是不戴錶的，莉婭只知道太陽已準備收工，天氣漸冷，莉婭跟著人潮眾多的地方去，四處嗅嗅，但很快的，莉婭發現自己的身體受不了夜晚的寒冷，便順勢上了一台剛熄火的車子裡，躲在輪胎上休息，前輪的位置靠近車子引擎，剛好在莉婭的正前上方，有一個縫隙微微的散發出熱氣，暖風吹的挺舒服的，莉婭就這樣睡著了。

夜半時分，莉婭數度被冷醒，但是下了輪胎會更冷，所以莉婭只是換了個姿勢繼續睡覺，直到太陽出勤，再過沒多久車子晃了一下，差點把莉婭摔下輪胎，莉婭醒後一躍而上，到不斷散發出熱氣的縫隙裡待著，剛好夠莉婭的身軀大小，車子繼續持續的晃動，溫度也逐漸變高，夠溫暖莉婭整夜受寒的身子，途中車子停了一會，莉婭嗅了嗅空氣，依舊是車子管線散發出的鐵鏽味，其他以外的莉婭嗅不太到了，加上天氣冷，莉婭的鼻子變得有些不太靈敏了，不過莉婭到是嗅到了一點食物的味道，也聽到了人群吵雜的聲音，車子停了，莉婭下了車，抬頭一看是「露比樂園」。

噢！不知道貓咪有沒有六折優惠？莉婭跟著人群一起進去，裡面可是熱鬧極了，沒有一個工作人員發現莉婭，但在人群中行走，對莉婭來說太危險了，一進驗票口後莉婭試著找到垃圾桶，看看裡頭有沒有東西吃，或是沿途尋找落在地上的爆米花，最終失敗。空氣冰冷，身邊淨是興奮又忙碌的腳，莉婭感到有些不太舒服，所以試著找出這裡的制高點，莉婭沿著牆面走，看到階梯就一腳蹬上去，吵雜聲越來越大聲，遊樂設施的音樂擾亂了莉婭的方向，莉婭感到頭暈眼花，接著莉婭看到一匹白色的馬，莉婭心想馬總比自己高，便試著接近牠，鎖定目標後快速前進，在下一步行走的腳來臨前。

莉婭跳上馬匹們站的草原上，站在牠們的腳邊，無法理解牠們怎麼能忍受這些不斷重複的音樂，在大草原上風聲是這樣的聲音嗎？莉婭抬頭想問牠們，但牠們始終看著同樣的方向，莉婭想跳到馬背上，但莉婭似乎有點累了，加上周圍不停地在旋轉，莉婭覺得頭暈的情況越來越嚴重了，所以只好一步一步來，先是跳上馬鞍的踏腳處，在向上一個轉身準備伸出爪子，抓住馬的皮膚上，好讓莉婭可以匍匐前進，但失敗了，莉婭滑落了下來，莉婭不懂，太久沒用爪子了嗎？通常莉婭想抓獵物的話只要出點力，牠們都會自動黏在爪子上，莉婭再試了一次，在爪子滑落前又一步蹬上去，終於到了馬背上，莉婭理了理自己的毛髮，舔了舔自己的手背，貓咪無論在哪都要維持著優雅高貴的樣子，這才是我們的標記。

「冷靜點，卡珊卓。」愛蜜莉說。卡珊卓從乾洗店回來給莉婭準備晚餐時，就發現莉婭不見了。

「莉婭是黑色的，我們需要花更多時間，確定牠真的不在家裡。」愛蜜莉繼續說。

「我很確定牠不在，愛蜜莉！牠通常不是待在櫃子上，就是吃飯時間一到，馬上就會出現在飯碗前；而且我找遍家裡能找的地方了，我剛剛有出門過，牠趁機跑出去的機率很高，如果是這樣，牠已經在外面待了三個小時了！牠從沒自己出門過。」卡珊卓喘口氣繼續說：「愛蜜莉不好意思，我真的不能沒有牠，我需要去外面找牠，妳要一起來嗎？拜託！」

「好吧！反正我今晚沒事。」愛蜜莉猶豫了一下嘆了口氣說道。

她們從莉婭望向窗外的方向開始尋找，找了五個多小時，找到太陽已下山，卡珊卓開始焦慮起來，自從莉婭出現後，卡珊卓已很少這樣過度緊張了。最後卡珊卓獨自回家，一個人站在客廳，環顧著整個房子，突然腳一軟，卡珊卓像是陷入流沙裡似的，跌坐在地上哭了起來。

隔天早上，卡珊卓更積極地開始尋找莉婭，她做了很多尋貓傳單，到各地去發放，也跑了很多動物醫院，或是寵物用品店，詢問並徵求同意好讓她的傳單可以貼在他們店家裡，也許有人會注意到全身黑，但脖子上卻有一圈白色圓圈的莉婭，可惜卡珊卓沒有什麼莉婭的照片，她只好拿出昨天她為了要拍烏鴉大戰老鷹時，剛好坐在窗邊望向卡珊卓的莉婭也被拍進去的照片，雖然不是全身入鏡，但牠胸前的標誌卻挺清楚的。

最後卡珊卓開車前往隔壁鎮上的遊樂園發傳單，雖然她不覺得莉婭會跑到那麼遠去，但鎮上的人都往那跑了，她必須得去一趟。她跟愛蜜莉借了車後就出發了，當卡珊卓抵達遊樂園後，便站在離遊樂園一條街以外的距離，開始發放尋貓傳單，直到下午時刻，卡珊卓買了一杯咖啡和一份鮪魚吐司在車上休息，她雖然肚子餓，但看到手上的傳單，卻又不禁眼光泛淚吃不下，她順手就把吐司往副駕駛上放，傳單一把往後丟，一個人獨自坐在駕駛座上喝著咖啡冷靜一下後上路了。

莉婭的視野忽高忽低，真是夠了，不斷平行旋轉又垂直上上下下的，莉婭還沒吃早餐卻開始反胃了！四周都是人，莉婭看了旁邊，一位女孩也坐在馬匹上，手上拿著粉紅色氣球，氣球卻散發出香甜的味道。莉婭迅速且果斷地跳下馬匹，往出口的方向走，離開這個不是貓待的地方，莉婭嗅了嗅空氣想找出方向，望向旁邊路邊的汽車，一台淺藍色復古敞篷車，這次跳進後座上，趴著享受太陽的溫暖，莉婭閉上眼想休息一下時，注意到身旁有一疊紙，上面竟然印著烏鴉大戰老鷹的照片，和一串莉婭看不懂的字，但卻看到自己面對鏡頭露出的興奮眼神。天啊！不得不說這照片拍得真好，竟然跟經典大戰一同入鏡，如果貓界有學校需要教科書的話，這張照片絕對會是好照片。

接著嗅了嗅空氣，比起鐵鏽味，這次的新鮮空氣簡直美妙極了，有一絲卡珊卓的味道和一個更誘人的香氣，原來是副駕駛上有一份剛買的，熱騰騰的鮪魚麵包，莉婭從窗戶邊的縫隙，伸手撈著裝滿食物的紙袋，莉婭讓紙袋口的方向朝向自己，然後開始大快朵頤的享用今天的第一餐，吃飽後車子也開始起程了。莉婭望向四周，都是光禿禿的土地，晴朗的藍天裡，突然轟的一聲，有那麼一瞬間，莉婭彷彿看到天空被電擊給劈開，接著是一股強大的力量，像是搭飛機時，有人把窗戶給打開一樣，身體要被吸出去的撞擊感。

「可惡！該死的坑洞。」駕駛驚呼地說道。莉婭看向天空，一隻大老鷹在天空自在的翱翔，沒有烏鴉，但卻看到了另一個國度的使者：埃及聖䴉[3]。噢！這比看到烏鴉還糟糕。牠們像似烏鴉的前身，有著神聖的任務要執行，但卻身兼多職，埃及聖䴉的另一個身分——死神。

2 結交朋友

卡珊卓在傍晚前開車回家，一身疲憊和緊張感揮之不去，她覺得自己有些魯莽，也許她應該在出門前留一個縫隙，好讓莉婭回來時能夠進來，或是在遊樂園再待久一點，至少把傳單發完，或是趁著人少的鎮上，再好好仔細地找一遍莉婭的蹤跡。但就在開門的瞬間，莉婭竟然從她腳邊跟著她一起進屋，卡珊卓又驚又喜，一把抱住莉婭又是親又是抱的，這讓莉婭差點窒息，但是莉婭心想，比起汽車、輪胎，還是卡珊卓的胸部最對味了。當天晚上莉婭的晚餐比平常多了一倍的量，卡珊卓也找來愛蜜莉一起慶祝莉婭的歸來。

兩人坐在沙發上，卡珊卓一直盯著莉婭，愛蜜莉則是在一旁拿著高腳杯說：「才失蹤一個晚

[3] 古埃及裡智慧、醫藥之神——托特（Thoth）的代表。身體只有後羽、頭部、腳部和頸部是黑色的，其他為白色，喙厚彎的像把鐮刀。

上。」愛蜜莉還沒說完。

「妳看牠就瘦成那樣了，天知道牠到底跑到哪去蹓躂了！」卡珊卓一臉心疼的，望著埋頭狂吃的莉婭說。

愛蜜莉淺淺一笑後喝了口酒道：「嘿，我有買一些生起司和巧克力麵包喔！」卡珊卓沒回應，愛蜜莉繼續說：「妳再說說妳之前在日本的生活吧！來聊點輕鬆的話題。」這個話題成功拉住了卡珊卓的注意，她一直很想念日本！

「這個嘛！就像上次講到的，我換了工作到了日本家庭裡住。」卡珊卓說。

「為什麼要換？」愛蜜莉問。

「提升日語能力。」卡珊卓簡短的回答道。並繼續說：「潛水的工作有百分之八十都接國外客人，幾乎用不到日文，所以我就到當地的商業旅館上班去了，因為我比那些本島來的日本人還熟悉這座島，加上他們對我來日本的契機感到很佩服，所以很快的我就結交了很多日本朋友，私下也會帶她們去知名景點或祕境玩。」

「所以，這次工作環境日本男生一定不少吧？有什麼豔遇嗎？」愛蜜莉一臉八卦的問道。

「嗯～有一位比我晚進來的男經理滿關心我的。」卡珊卓說。

愛蜜莉的眼睛亮了起來猛盯著卡珊卓等著下文。

「不過他有女朋友了，我從一開始就知道，但我們還是相處得很好，私下會像朋友般鬥嘴，我有時候也會嗆他。」看著失望的愛蜜莉，卡珊卓露出滿意的笑容繼續說。

「我剛去時因為自知自己第一次在商業旅館的餐廳裡上班，有很多對於旅館裡的餐廳擺設和運作等等，其實都不是很了解，更何況是在這種熱帶島嶼、情境熱忱的地方，我想飯店的布置肯定不一般，有一天假日早上就決定要去訪查其他家旅館，結果我算錯車程時間，騎腳踏車到那裡竟然要花整整一個小時，接著我付錢狠吃了兩頓，最後就拍了幾張照片準備做報告用。」卡珊卓喝了口酒，打開筆電裡的資料夾後繼續說：「妳看，這是我那時候做的調查報告。」

「天啊！妳會不會太認真了？」愛蜜莉用滑鼠一頁一頁地滑過。

「那間飯店的地點也不錯，旁邊就有一處海灘，所以我就到了那海灘上躺著休息，躺著躺著就睡著了，還被人關切拍拍我的肩膀問：『請問妳還好嗎？沒事吧？』當然沒事，禮貌地回覆後我又騎了一個小時的腳踏車回去。後來那天下午我就開始做報告。但沒想到隔天，精神不濟到大家都很擔心我怎麼了，後來比我晚進公司的那位餐廳男經理知道我平常很努力，不僅是工作，也很熱忱地都會給來玩的遊客一些建議，畢竟之前是導遊，混得比同事們還熟悉這座島，所以也收到過小朋友或是大人寫的感謝信，他就更是擔心我，要我提早回家不用參加會議了。」卡珊卓又點開了另一個資料夾。

「妳真的是隨時在更新妳的履歷耶！」愛蜜莉說。

「這是一定要的，親愛的。」卡珊卓一臉滿意的回答。

「不過！妳這樣來回就要兩個小時？」愛蜜莉說。

「對呀，但我怎麼知道。簡直是被自己騙去，回來的時候還剛好是正中午的時候，熱到我快跟腳踏車一起融化了。」卡珊卓笑笑地說。

「然後過沒幾天，那位男經理私下就邀我去吃晚餐，老實說我還第一次遇到這種事情，我不知道他想做什麼，所以當下可是明裡暗裡地拒絕了共三次，但他還是不死心，所以就一同去了，剛開始沒什麼話題，所以我就自己製造話題，拿出手機給他看我做的早餐調查報告和在海灘上睡著被關切的插曲。他覺得既驚訝又好笑，他還問道：『那妳睡在沙灘上時，妳有鋪個什麼墊子或外套嗎？還是就直接倒在那睡？』我說了後者，接著又故意一直強調說隔天上班時累得跟死人一樣一點精神都沒有。」

「妳要他猜出就是那一天他讓妳提前回家的時候？」愛蜜莉問道。

「沒錯，謙虛、低調的努力總會是好印象。」卡珊卓說。

「那他猜中了嗎？」愛蜜莉問。

「他想了一下問：『該不會……是那天我要妳趕快回家休息不用留下參加會議的那天吧？』我故意看向他並一臉正經地用敬語說：『是的，真的是非常的抱歉。』我還偷偷跟他說：『我那天不是一直跑廁所嗎？其實我不是去上廁所，而是受不了才藉這個理由去廁所坐在馬桶上休息，太累了。』整個氣氛又熱鬧了起來。」卡珊卓繼續說：「其實我覺得他會私下請我吃飯可能是因為我們背景有點類似，他其實是剛從泰國回來，在泰國也是做觀光潛水業，在更早之前還去澳洲打工度假過。」

「算是個挺特別的經驗耶，其實。」愛蜜莉說道。

卡珊卓則繼續說：「後來在發年終獎金前，公司都會按例要跟大家面談了解一下這段期間，員工們對公司做了什麼貢獻等等。我因為這件事，澈夜未眠的又打了一篇報告，他知道後很擔心地問：『妳還好嗎？』，我回：『身體的電池，在耗盡中。』其實我的日語就這點會耍嘴皮子的程度。一進會議室時，我直接把報告放在桌上，正大光明的在他們面前看著文章一篇又一篇地唸著，回答著每一個問題，也說了自己擅自去做早餐調查的事，並各印了三份給在場的上司們，其中一位叫『山下先生』，他還被我感動到差點落淚。」

「我發現妳認真起來還挺認真的，都非常投入。」愛蜜莉說。

「我很享受投入的感覺。可能因為這樣吧！」卡珊卓微笑著說。

「怎樣？」愛蜜莉瞪著大眼睛不自覺露出好奇的微笑問。

「在某一天的早上，那位男經理突然給公司一通電話說不會再去公司了，然後就真的直接消失──甚至聽說他人根本也不在島上了。這對我來說是個很大的打擊。」卡珊卓心情也隨之低落的說。

「那結果呢？你們平常私下應該很要好吧？」愛蜜莉急著問道。

「後來私下有聯絡上他，他後來也回了一趟默散島，我也不主動過問他是怎麼了，反正就先一起去吃飯，結果他說：『我在本島跟山下先生吃飯時，山下先生說妳昨天又跟那位部長吵架了？』」

「吵架？」愛蜜莉問。

「我們之間還有兩位部長，我很常跟其中一位吵架，我上早班他上晚班，所以當我教他早班的流程時他都不聽，他認為我是晚輩，不應該由晚輩來教他，但是他又真的什麼都不會，有一次我就放棄不管，結果他因為做不好而被總經理責罵，他竟然還怪我沒告訴他，在那之前我們就經常吵。」

愛蜜莉摀著臉也藏不住自己的笑看著卡珊卓。

「別笑，而且公司也沒把這當回事，多數時我都是對的，所以男經理說起來就像在說平常事一樣，我也大方承認後接著說：『當天晚上我還哭了，哭得很慘。因為你。』男經理則是非常吃驚，我竟然為他而哭了，他覺得很感動，便開始說出他對這間公司不滿的地方，看他對我這麼毫無防備，頑皮的好奇心驅使下，我一副想聽聽我自己的優點的樣子說：『那我呢？』他突然一陣防衛心起來回：『妳有做什麼不好的事嗎？』我說：『有啊，我從不聽那固執部長的話。』」卡珊卓說道。

「你們似乎有著某種革命情感。」愛蜜莉說。

「對，但時間很短。」卡珊卓繼續說：「在他還在默散島的期間，我們有空都會一起去游泳，有一次我打算帶他去外海，那時候找了別家公司的行程，他說：『如果遇到妳的熟人，妳要怎麼介紹我？』我很快地回他說：『這是我們公司新來的員工，因為看他不適應工作很可憐的樣子，所以帶他出來玩。』他覺得被當成可憐的傢伙的這理由太好笑了，甚至提出乾脆我們就在這裡開一家觀光旅遊業的公司，反正我們倆人都有經驗。」卡珊卓回想起和那男經理的對話都會微微地笑著說。

「不過，沒過多久就換我也離職了。」卡珊卓說。

「什麼？」愛蜜莉驚訝地說到。

「我朋友的小孩大了，家裡需要活動空間，公司宿舍依舊貴，職場氣氛又變很差，我就待不下了，但能交到知心的朋友也不錯，除了那位男經理以外，還有一位更上層的總經理，那位山下先生，在知道我要離職的時候主動給我他私下電話好保持聯絡。」卡珊卓說。

「真好！有個國外朋友、主動給妳靠山也不錯耶，妳真是厲害。」愛蜜莉對卡珊卓投以驚訝又羨慕的神情說道。

「對了，妳申請成為寄養家庭的資料準備的怎麼樣了？」愛蜜莉接著說。

「噢！資料我都交了，來來回回審核也過了半年了，他們說只要目前的工作有超過三個月的話，很快就可以幫我安排了！」

「挺不錯的，以妳的背景可以勝任這份工作的，加油囉！但就不知道未來那孩子會不會被妳的獨特視覺藝術給嚇跑！」愛蜜莉說完兩人哈哈大笑。

「才不會呢！我在日本家庭裡跟那個小孩相處的挺不錯的呢！」卡珊卓不自覺地高傲起來說。

「喔！說來聽聽！」愛蜜莉被挑起了興趣。

「剛住進去時她還不滿一歲，我買了繪本給那孩子當見面禮，結果湊巧的是那本是她母親時常帶她去類似育兒中心裡那孩子最愛的繪本，只是其中一頁青蛙的舌頭被拔掉了，真是買對了！可見我平常真的有用心在對待她，我不相信自己是湊巧買對的，因為我挑了兩三間，眾多的書籍種類跟類別，最後挑到她喜歡的，而且對她來說是全新的，我也很高興。有時候我會抓起她抱著跟她一起躺在床上，然後指著電燈跟冷氣跟她用英文說：『這是電燈，那個是冷氣』、『電燈、冷氣！』、『電燈在哪裡？冷氣呢？』雖然她還只是牙牙學語的階段，可我就當她聽得懂，跟她對談了起來：『不是，這個才是電燈，那是冷氣。』除了會幫忙照顧他們可愛的孩子外，多數時是跟她玩、哄她睡覺，哄成功了就覺得很開心，所以父母外出不方便帶她時，我就會當個臨時小保姆。」

「妳對小孩似乎滿有一套的。」愛蜜莉說。

卡珊卓繼續說著：「不過有一次我一個人在家時興致一來，準備了白酒、煙燻火腿、生鮭魚沙拉等，自己弄得跟高級餐廳料理一樣，一個人享受著，一個人喝掉一瓶白酒，我就突然昏睡過去了，是採購回來的夫妻倆齊力把我抬回我的房間的，我還記得迷糊中聽見日本太太忍不住大笑的聲音。」

「瞬間斷片的事情也太好笑了吧！這件趣事會讓人加深對妳的印象。」愛蜜莉說。

「對呀！也是不錯的回憶。一起生活的期間又有小小孩的陪伴，生活上樂趣不少。」

「感覺妳的日語進步了不少。可以跟上司和老闆吵架，又可以跟日本太太聊天，太羨慕妳了。」愛蜜莉說。

「當然，至少聽力進步不少。不然怎麼吵得起來。」說完兩人哈哈大笑。

愛蜜莉接著說：「我喜歡妳寫關於默散島郵局會賣生雞蛋的那篇！」

「真的嗎?!」卡珊卓興奮地回應。

「妳部落格上的旅遊紀錄，我比較喜歡默散島系列的，有機會妳還想再回去嗎？」愛蜜莉問。

「當然。」卡珊卓說。

「我有預感妳在日本的這些經歷，可以幫助在接下來要照顧的孩子們身上。」愛蜜莉接著說：「人在經歷了這麼多事情後總是會改變的，也許妳自己沒察覺出來，但當妳再次遇到同樣的問題時，妳的心境就會變，解決的方法也會改變。」

「希望如此囉！畢竟寄養家庭要帶的孩子總是會不一樣。」卡珊卓沒有把愛蜜莉的話放在心上的回答。

第七章

約翰

1　皮肉傷

一月初來了一位男孩來借住卡珊卓家，是之前卡珊卓當代理老師時，所接觸過的約翰。

但這次不同了，約翰家發生了爆炸事件，起因於家庭裡擺放的不合格而且過期三年的滅火器。在去年十二月中旬開始放假的最後一天，父親在家照顧生病的哥哥，兩人在那場爆炸意外中雙雙罹難。

約翰等到了五點半，來接他的是一位穿著制服的女警，確認身分後警察開著警車，經過了人們為了聖誕節而忙碌地給自家店面換上新裝的街道。老闆們使出渾身解數，要在這五顏六色的街上，使自己的店面看起來獨一無二。在店門上掛了個聖誕花圈、放上了兩顆聖誕紅和一棵纏繞著閃爍中的ＬＥＤ燈的聖誕樹，地上充滿著許多精美禮物，樹上也掛滿聖誕節的裝飾，最後老闆抱著自己的小女兒，在最上頭放了顆最閃耀的星星，還有人放了駕著聖誕車的聖誕老公公和一群假麋鹿當作自家的吉祥物般放在店面櫥窗前，街道上也不斷放送著聖誕歌曲，深怕有人會忘了這個節日似的不停地重複，直到警車繼續前往偏僻的殯儀館時，歌曲聲才停留在那個熱鬧的地方。

年僅十一歲的約翰來到了殯儀館，他不知道要做何反應，他沒有遇過這種場面，在大人們要打開停屍間裡的抽屜前，約翰下意識的轉過身去。哥哥沒有明顯外傷，但是父親臉部幾乎炸得面目全非，不過約翰最後還是從右腳踝內側的刺青認出是自己的父親。

這對他而言打擊甚大，聖誕假期後，內向的約翰變得沉靜得更多，老師和社工都很擔心這會對約翰造成精神上的嚴重傷害。所以在聯絡到其他可以照顧他的家人之前，暫住在此最長六個月。

據學校老師說，約翰是父親一手帶大的，學校老師曾在家庭訪問中，多次接觸過他父親，他父親認為他只要負責賺錢，其餘有關教育的事則交給了學校和老師，而約翰只要好好學習就好，這是他所認為的家庭分工模式。有一次約翰的父親與老師發生了爭執，幾乎是把老師趕出門並大聲斥責著說：「你們學校是怎麼教他的？我每天那麼辛苦賺錢，付那麼多錢給學校，你們竟只想推卸責任，他在家連電視都不會幫我轉台，我洗澡也不知道要遞毛巾給我，什麼都要我教，整天還擺臭臉給我看，難道你們沒讓他知道有錢人就是老大嗎?!」說完便砰地一聲將門給關上。

約翰在校雖然有時候活潑多話，但是看得出來，那都是從極度自卑和長期缺乏關愛，所發展出來的行為，失去家庭功能的家，只是個房子，約翰和父親和哥哥只是剛好住在同一棟房子而已。

叮咚的聲響響起，莉婭正趴在櫃子上，緩慢的門鈴聲輕輕的把莉婭從夢境中拉回來，莉婭轉動了一下右耳，聽到卡珊卓開門迎接社工和約翰，空氣中則是充滿哀傷、不安和沒變的血腥味。約翰剛住進來時，是假期結束的時候，社工只送約翰到門口，「很高興妳見過約翰，我們社工一致認為安排他在妳這住，會是最好的選擇。」社工向卡珊卓表達謝意後，彎著身子，一手放在約翰肩上，面帶微笑和很堅定的眼神，看著約翰說：「我相信這幾個月，你在這會過得很好，約翰，等我的好消息！再見。」

卡珊卓帶著約翰認識這個新家的格局，莉婭換個姿勢想看看這久未見的男孩，約翰第一次踏進卡珊卓的家，他跟著卡珊卓走進每個家的角落，開放式的廚房、黑白色調的客廳，和隨處可見卡珊卓創作的痕跡，窗簾、桌巾甚至是桌燈，約翰似乎沒看過這種將繪畫延展到生活的藝術，於是一路上都默不作聲。他們來到了二樓，卡珊卓房間旁邊的一間單人房，是屬於約翰的小房間，莉婭嗅得出來，當約翰看見他的房間有顏色時，他內心放鬆了不少，雖然幾乎都是淺藍色為主調，但比黑白好多了。卡珊卓當初在申請寄養家庭時，唯一被刁難的就是這個家的色調，雖然顏色嚴格來說不在環境審核的範圍裡，但對於一個剛喪失親人的孩子來說，黑白色調實在太沉悶了，好在最後雙方都讓步了，至少約翰的房間，卡珊卓不能干涉。

新生活開始後，約翰除了上課和吃晚餐會出來以外，其餘時間幾乎把自己關在房間裡，不過約翰偶爾會出現在廚房，但似乎又沒在做什麼，所以就在第四次被卡珊卓發現時，卡珊卓鐵了心要問清楚。

「約翰，怎麼了呢？肚子餓？我可以準備些巧克力麵包給你唷！」卡珊卓時常有機會就會講一些快樂的事情，但也都會很巧妙的避開一些關鍵字。

約翰一手捏在自己的嘴唇上，卡珊卓其實從沒特別注意這個動作，因為約翰表現得很害羞，卡珊卓也無意去勉強他。但這次廚房的燈，照在約翰的手指上，上頭有一些鮮紅色的水漬痕跡。

「你牙齒痛嗎？我看看好嗎？」卡珊卓心裡頭有些不安卻不想表現出來，免得嚇到約翰，畢竟他們其實還不熟悉彼此。

但一說完卡珊卓沒等約翰回答，便直接彎腰用雙手去捧著約翰的臉頰，動作儘量溫柔，再用大拇指去撥開他的嘴唇想看他的牙齒，但卻發現約翰的嘴唇上幾乎沒有表皮，基本上都被約翰自己給撕光了，只要皮長回來，約翰就會再去撕開。這是自約翰有記憶以來就有的習慣，起初很痛，痛的約翰撕了一片就會在窗簾後面獨自痛得全身發抖，所以剛長回來的皮到約翰再次撕開之前，有足夠的時間修復，而且傷口很小，新長的嫩皮被去掉後，有時候也不易出血。

但很快的這種痛覺被約翰給習慣了，撕的範圍逐漸擴大，先是下嘴唇皮，運氣好的話，約翰可以像蛇在換皮一樣，一次撕完一整片下嘴唇皮，接著上嘴唇皮就比較難了，通常要分三次，因為約翰有一雙人們會說很豐厚性感的雙唇，在最中間凹凸的位置，技巧再好也很難一次撕完，通常中間會是一部分，也許是凹凸的地方，水分不容易抵達，所以這個被獨立出來的部分，長出來的皮總是又厚又硬，但是撕起來對於約翰來說是一種愉快的新境界，有時候會流血，但程度比不上接下來上嘴唇的兩側，這部位跟下嘴唇一樣，有時候約翰都會覺得在嘴唇與臉頰的連接處，若不控制一下的話，他會不小心毀了他的臉。

撕嘴唇皮是第一階段，自虐除了是孩子心理上的一種壓力宣洩，為的是獲得平靜，就像兩個大人吵架有時候會用性愛這種激烈的行為來獲得最終內心的平靜，還有一種是以痛覺來感受到自己存在的方式，這情況常發生在長期受冷暴力的環境下。沾鹽巴在傷口上，增加痛感則是第二階段。

「約翰，你家人知道你會這樣嗎？」卡珊卓的理智已快要壓不住她的憤怒，身為一位老師，她嚴肅卻又不帶怒的向約翰問道。

「知道吧。」約翰看著卡珊卓說。

這孩子需要更多的愛和關心，卡珊卓心想，就算她可以幫助約翰戒掉這個習慣，也無法填補約翰內心的殘缺，在他長大後，會用其他方式去傷害他自己。

曾有一個兩顆植物的實驗，植物分別名為A、B，其環境，水和陽光、肥料等都一模一樣，但照顧者對待A，是每天稱讚和正向鼓勵，對待B是各種辱罵、恐嚇和威脅。一個月後長得最嫩綠最茂盛的植物是A，在外觀上很明顯能看得出差異性，B的葉子泛黃且下垂，整體看起來似乎好一陣子沒得到足夠的營養似的，狀態令人擔心。

在實務中卡珊卓也曾看過一個案例，一名有自虐傾向的十五歲孩子，在心理醫生和家長的半恐嚇、半威脅的醫治下，孩子最後的確改掉了表面上看起來很嚴重的習慣，但他長大後依舊會做出一些奇怪的行為，來吸引別人注意，從傷害自己到傷害別人，從身體上的痛，轉移到心理上的自虐，他內在的孩子利用別人對他的羞辱，來感受自己的存在。

卡珊卓抱著約翰，什麼話都沒說。

「我餓了，卡珊卓。」約翰說。

2 翹課

二月初的某一天吃晚餐時，約翰突然開口說話了。

「我跟我父親說過，那滅火器放在家很危險——學校有安排我們去認識消防器材——爆炸前幾個星期我就說了，但是我父親堅決認為，那是花錢買的，丟掉等於是把錢給丟進垃圾桶去，他不肯丟。他一直責怪我不懂得賺錢的辛苦，我想我是吧！『有錢人才是老大。』他時常這樣說。」

卡珊卓很高興他開口說話了，說點有內容的東西。

「別太難過，孩子，那不是你的錯。」卡珊卓說。

「我不是要說這個，我知道薩邁拉之約[1]這個故事，誰能阻止的了注定要發生的事呢？」約翰說。

「噢！」卡珊卓知道這則故事，只是她沒想到這孩子看得這麼開。

1 出自英國作家威廉・薩莫賽特・毛姆（William Somerset Maugham）寫過的一篇極短篇小說《死神說話》。

這是個古老的美索不達米亞寓言，巴格達商人打發僕人去市場辦事。過了很久，僕人終於回來，但臉色發白、全身發抖。他不安地告訴主人：「當我來到市場，那裡人很多，有個女人推擠我，我一轉身，發現她原來是死神。她看著我，擺出威脅的姿態。主人，我很害怕，請借我一匹快馬，讓我趕緊離開這裡，免得死神找上門。我要到薩邁拉躲起來，這樣死神就找不到了。」商人答應僕人的請求，僕人就騎馬疾馳而去。後來，商人遇見死神，就問她：「為何妳要恐嚇我的僕人，向他擺出威脅的姿態？」死神回答：「那不是威脅的姿態，我只是嚇了一跳，因為我跟他約在薩邁拉，怎麼會在巴格達看見他。」

「我只覺得這樣也好。」約翰說。

「嗯？」卡珊卓儘量壓低自己驚訝的表現。

「我有試著求救過，跟學校老師說了，老師覺得我在說謊，老師很關心我們家，但是她卻不認為有那麼嚴重；我跟警察說了，警察覺得我在惡作劇，因為我看起來就沒事，後來我選擇翹課。」約翰像是壓抑許久才鼓起勇氣提起的說道。

「滅火器的事情？」卡珊卓很驚訝的問，卡珊卓當時其實沒問過他翹課的原因。

「不，是他時常賞我巴掌的事情，只要他不高興就是一巴掌過來，也從不跟我說我做錯了什麼，我每天都很害怕跟他在一起。但每次跟別人說時，有的人嘲笑我，聽見被打巴掌就覺得很好笑；有的人認為是因為我不夠乖才會被這樣對待，認為是我造成這種暴力，要我好好反省自己，根本是變相認同暴力的存在，就像電視上有人會責怪那些被強姦的女生都是因為她們穿得過於暴露的關係，為什麼大家都要替惡行找藉口呢？做錯的人就是做錯了，有什麼理由可以認同傷害人是一件正確甚至是有必要的事呢？我甚至還聽過有人提倡要感謝那些曾經傷害自己的人，大家似乎都不知道好的『面對』長什麼樣，為了合理化痛苦，什麼樣的思想包裝都有，即使那明明就很病態。」

「你認為就算出發點是好的也不能用傷人的手段是嗎？」

「當然，沒有人應該被粗魯的對待，明明都可以好好說的，妳看，要不是他死了，根本不會有人想幫我。他們只覺得我父親養家很辛苦，有我這個愛抱怨又不知福的孩子真可憐，難道意思是最辛苦的人才有話語權，其他人連人權都不配擁有只配取悅他嗎？」卡珊卓繼續聽著約翰接著說：「我覺得他的想法有斷層，他覺得他只要這樣賞我巴掌，我就會知道我做錯了什麼，他認為所謂的常識，就是大家都知道的知識，既然大家都知道，那為什麼我會不知道？所以我一定是故意去惹他不高興的。」

「約翰，你可以告訴我你當天為什麼要翹課嗎？」雖然卡珊卓從不給對方設限，但約翰的邏輯思考能力還是讓卡珊卓覺得相當吃驚，倒抽了一口氣後問道。

「翹課前一天晚上，我想要看電視，但是我哥哥偏要一次霸占電腦和電視，我父親不管我的抗議，所以我們倆發生爭執，我哥哥在學校是田徑隊的，身材和力氣都比我大，但是他才不管，揍得我隔天早上手舉不起來。那個當下父親為了制止我們繼續打架，他就賞了我一巴掌。」約翰談起那個當下，即使已經是個大男孩，但卻逐漸消失在這個世上似的、自信心的重量再次被掏空，取而代之的是畏縮、自卑，整個身體舉動，甚至說話聲都變得輕飄飄的。

「父親怎麼說？」卡珊卓問了關鍵。

「他認為是因為我不聽哥哥的話，才會被打，意思是我活該。隔天，我哥哥的手也舉不起來，不是因為受傷，而是他前一天晚上突然過度使力，導致他的手才會在隔天突然使不上力。」約翰接著說：「我爸爸緊張到很焦慮，他沒辦法理解為什麼哥哥的手會突然舉不起來，甚至連杯子都沒辦法拿，爸爸甚至是擔心得差點要直接叫救護車了。」

「你呢？約翰。」卡珊卓問。

「我？我又不重要。自從媽媽過世，他的重心都在哥哥身上。他怎麼會知道我在房間，連衣服都沒辦法穿呢？我也沒辦法講話，因為我的頭皮有一大片的瘀青，有一點點臉部表情，就會很痛。他完全忘記了我的存在，我跟他說我受傷了，但是他聽不進去，他的精神都在哥哥身上，最後他讓哥哥請假在家休息，轉頭就兇我要我趕快出門，別再拖時間了，後來我走到校門口，突然就走向另一個方向了，我在學校附近徘徊，我不知道自己要做什麼，也不知道要怎麼辦，我不是故意要引起注意的，我只是很困惑，也許我根本，就不存在在這個世界上，沒有人在乎我，連學校老師都不願意聽我說，我回學校後班導師聽完我爸爸的敘述後，也就只顧著罵我。誰知道我父親說了什麼，讓老師連給我解釋的機會都沒有。老師若是不相信我，我可以把衣服脫了給他看瘀青。但我就是個不重要的存在，大家都把責任推給我。」約翰回。

「我聽哥哥的話不就好了，這樣事情就會變得很簡單，大家都只想看到好的一面才會那麼草率的處理。若是我，也會叫受委屈的人再委屈一點，這樣事情就解決了，只要沒有抱怨聲和抗議的行為，那些做壞事的人就不算真的做壞事。這社會不就是這樣嗎？」約翰妥協了。

「我很抱歉，約翰。我當初應該早點發現的。」卡珊卓有點愧疚，當初沒早點發現這個情況，但是事情已過，父親和哥哥也已故，所以還是選擇試著幫父親說話，「但是，也許他只是不知道怎麼教你。」

「你想要我原諒他是嗎？你知道我父親跟我說什麼嗎？他說：『哥哥愛面子，你要他怎麼跟你道歉？』你們大人總是這樣，生個孩子，當了父母親有多了不起？難不成我以後當了父母，我就可以用暴力去管教孩子？他用他的巴掌，把我的尊嚴都打掉了。我覺得我很多餘，我時常感到很深的罪惡感，拖著我讓我溺水，讓我發不出聲、讓我呼吸困難。」約翰越說越感到無力。

關於窒息感，卡珊卓很熟悉；在卡珊卓搬出去前，卡珊卓的姊姊與男友開始在家同居，但無論是家裡或是這個男人，都沒有人告知過卡珊卓，家人的刻意隱瞞加上他們生活作息與卡珊卓顛倒，卡珊卓最後竟然還是從鄰居口中得知的，這讓卡珊卓一度覺得很難堪，卡珊卓曾試圖要求得到尊重，但是後來選擇放棄，最後連跟朋友抱怨都無力了，這就是溺水的開始，只能感受著情緒在身體裡乘著血液流至全身，任由思想如禿鷹般盤旋在腦上，安靜的奪去你的夜晚，最後，你不會想再去釐清自己的感受，是憤怒？還是失望？人類的情緒比世界上的任何高級酒都還美味，在體內醞釀了幾十年仍然會產生出不同的味道，每個情緒的後勁不同，加上時間作為幫兇，你會嚐不出味道是從哪個情緒釀造出來、相互融合後再次發酵，然後再融合再發酵、這時你會開始放棄掙扎，吐出了肺部裡的最後一口氣。在人生的道路中，最怕變安靜的接受一切；在愛情裡，最怕變得痴狂，臭屎都覺得香的情況下，道德倫理只會是嘴上華麗的唇膏，「屎」人看起來美麗而已。

卡珊卓撫摸著約翰的肩膀，等著約翰繼續說出他的過去。

「妳一點都不了解我父親，我小時候吃飯時，他總會把我困在位子上後，給我一個巴掌，趁我嘴巴張開大哭時，塞飯進去，然後再大吼要我閉嘴吞下，那時候我才幾歲？就要體驗溺水的感覺，妳知道我為什麼會知道嗎？因為他曾經很得意地在我面前向別人炫耀，炫耀餵個小孩吃飯就是這麼簡單的事，當了父母就可以拋棄做人的基本良心了是嗎？惡有惡報的故事只是童話嗎？」

卡珊卓開始懷疑這位父親精神，有很嚴重的問題，也總算知道了，為什麼約翰一餐飯，總是可以吃到一個小時還吃不完，進食對他來說，在心理上是個很沉重的負擔。

提到了暴力，有一瞬間，卡珊卓的思緒回到了她求學時期，為了學校的要求去了幼兒園和托嬰中心實習各兩個月左右，也在一間收納特殊孩童的學校待過一個月。印象最深刻的事是，當時一位老師想為一個孩子洗澡，但是即使是孩子的生母，或是這間學校、老師們都沒有告訴過這個孩子，他將會在這個陌生的環境裡待一陣子，本就抱著不安的心情，在老師開始帶他進廁所並脫去他的衣服時，孩子嚇壞了，歇斯底里地開始哭泣並掙扎著，實習中的卡珊卓看見好幾次，至少四次以上，看見了他光著身子滿臉驚恐且嚎啕大哭、淚流滿面的樣子衝出浴室後，又被老師給抓著腳用拖行的方式拖回浴室，接著在浴室裡就是一陣毆打的聲音，逃脫浴室後又被拖回，又繼續逃脫後又被拖回，就這樣一直循環著。卡珊卓嚇傻了，但當時的負責人並不在意這種情況，反而被哭聲給惹怒了，要卡珊卓不要管，「小孩什麼都不會懂，妳不用擔心那麼多。」負責洗澡的老師說。而學校則要求卡珊卓把看到的一切放在那裡，不要帶出來。一直到了卡珊卓長大出社會後，她依舊覺得自己是個共犯，而且是可以被處以死刑也不為過的共犯，這個祕密、這種事，有多久沒搬上社會檯面解決，她就當了多少年的共犯。

卡珊卓深知這種暴力，別人很難察覺，要一個不見血的暴力，只需要一點創意的思想，方法就有了。所以她順著約翰的心情說：「也許，我們可以選擇不原諒，因為他不值得對嗎？沒有真正反省認錯的人，光原諒是沒有用的。」卡珊卓沒有忘記若是瞎原諒會造成什麼後果，時間的圈套可有百百種，但最終都一樣。

「不原諒有時候是保護自己的一種方式，約翰，你知道我不是在威脅你，你比其他孩子都要成熟得多，有時候不原諒他人，你無法繼續前進。」卡珊卓最後還是點出了事實，雖然這要這個年紀的孩子接受有困難。

「這不公平！」約翰說。

「不會的，我會陪著你。」卡珊卓的口吻，更像是在對自己說。

「我好累，反正最後都會失敗，妳不會相信對吧！一個沒在賺錢的人憑什麼心累。」過了一會約翰說。

「別太悲觀，約翰。」卡珊卓想起自己的過去，她知道不是每個父母都會真心愛自己孩子，就連她本身也是，但卡珊卓還是依舊照這個世界希望的方式，試圖想反駁他。

「妳的話裡有別人的嘴，卡珊卓，美國知名投資者吉姆•羅傑絲[2]曾說：『當每個人的想法一致時，就表示根本沒有人在用大腦。』不是我太負面，而是事實太黑暗。」約翰看著卡珊卓。

真是棘手，莉婭想，他對於發生在自己身上的事情清楚得很，人性痕跡歷歷在目，他若只相信人性，那就會失去他活出美好未來的希望，愛都要靠邊站了；他若認為真正的愛就是長這樣，那麼他將會複製一場悲劇。莫非，上帝的任務對象是這個孩子？莉婭覺得自己的時間不夠了，什麼二十四個月，結果莉婭只是隻貓咪，人們都把上帝想得過於偉大，莉婭覺得送靈魂來人間，和從人間接走靈魂的是雙胞胎，狡猾在他們的基因裡輪流流動著而已。

卡珊卓被約翰超齡的話語給嚇了一跳，但卡珊卓還是有機會，也許絕望已在十一歲的約翰內

---

[2] 小詹姆士•畢蘭德•羅傑斯（英語：James Beeland Rogers Jr.）為美國著名投資者。

心萌芽，但只在萌芽階段。卡珊卓故作鎮定，這是他們第一次深入的談話，她不想搞砸。所以卡珊卓緊緊的抱著約翰一會後說。

「我很抱歉，約翰。」卡珊卓接著說：「也許你只要跟這些過去和平相處就好了，你父親有他自己的課題要處理，你不用把別人的課題攬在自己身上，那不是你的問題，對嗎？」說完後卡珊卓放開了約翰。約翰似乎冷靜些了，噢，也許不是，從莉婭的角度看，他是快要窒息才會冷靜下來。

「和平相處？例如？」約翰挑了個眉問。

「例如：你可以先改掉撕嘴唇皮的習慣。」卡珊卓接著說：「至少不要再跑去廚房沾鹽巴在你的傷口上，然後改為出去玩耍如何？你知道我平常還要上班的，你也有功課要做，我們平日認真的做好我們各自該做的事情，然後假日你選一個地方我們去走走！」

「從什麼時候開始？」約翰問道。

「如果你願意，我們現在就可以開始，若是順利的話我們找一天假日，去隔壁鎮的露比樂園。」卡珊卓說，一切似乎都在她的計畫中。

「那如果我想撕嘴唇皮的時候怎麼辦？有時候我就是想撕！」約翰說。

「我們來想想。」卡珊卓一時也不知道要用什麼來代替，就跟要一個人戒菸一樣，癮才是決心的敵人。

「也許，你可以摸摸莉婭、聞聞牠，牠從不傷人！我心情不好時都會抱抱牠，多數時候就會冷靜下來。」卡珊卓靈光一閃的想法就把莉婭給賣了。莉婭鄙視的眼神從卡珊卓身上移開後，從櫃子上起身，轉了個圈到櫃子後面的地方躺著，這樣他們從下面看上來，就會看不到莉婭。

「但是，牠總是待在那麼高的地方。」約翰說。

「我那櫃子其實打算要送人了，我的東西不多，所以我跟我們隔壁的鄰居約好，明天傍晚時，跟他們家的矮櫃子做交換。嘿！我可以跟你介紹一個男孩，叫做亞當，他是鄰居的小孩，明天我把他介紹給你，你們年紀差不多，搞不好可以玩在一起，或是我們三個人來一起玩桌遊，也許我也可以找我朋友一起，桌遊要人多才好玩。」卡珊卓很興奮地說。莉婭放棄掙扎了，連自己的聖地都要被奪去，莉婭之後要轉移到書櫃上去，聞書香入睡。不過矮了0.5公尺的高度而已，還是足以讓莉婭俯瞰整個家。

隔天卡珊卓特地把家裡的小儲藏間布置成畫室，連同牆面和地板都黏滿全開的白色畫紙，前前後後黏了快五十張，偶爾也會用畫布取代，這讓孩子們創作範圍瞬間多了好幾倍的空間。關於顏料，有時是水彩，有時候是蠟筆配上幾隻刮板，好讓他們可以肆意地先在畫上填滿色彩後，接著用黑色蠟筆蓋過原先的色彩，最後用刮板等，刮出自己想要的圖案。白色圖畫紙有時也會改為黑色，給他們一些彩紙和白膠，讓他們在黑色的圖畫紙上拼貼出形狀。接著跟兩人約法三章：

第一、畫畫，僅限於這個房間，絕對！不能把範圍擴張到其他地方。

第二、出來前除了畫紙以外，請把顏料收拾乾淨。

兩個男孩已到了可以控制自己的年紀，這幾點的要求他們有信心做得到。

桌遊部分卡珊卓則準備了妙語說書人Dixit[3]和電力公司Power Grid[4]等等，一開始並不是那麼的順利，初次見面彼此都不熟悉，

於是卡珊卓給他們看了自己的部落格，也告訴他們一些新奇的事物，例如：有一種危險魚類，除了個性兇猛之外，牠長得還奇醜無比，淡黃褐色的身體中有著灰黑小點遍布在每個鱗片上，向外凸出的白色大眼珠子、大嘴且有著又黑又厚的唇、還有著鋸齒狀的牙齒，身長從手臂大小到一公尺不等，時常吃著珊瑚礁上的藻類出沒在海岸邊，影片中可以看見卡珊卓遇到的至少有一公尺長，從海面上還可以清楚看見牠的尾鰭隱隱約約地露出在水面上，牠正頭朝下尾鰭朝上直立式的吃著牠的美食，男孩們一看見都露出了不敢置信的表情。

接著他們便各自開始聊起了自己的故事，亞當說他們家以前也去小島旅遊過，穿著救生衣跟隨著教練一同去了海龜常出沒覓食的地方，教練說每一隻海龜都有牠自己的個性，這說法很快就

---

3 妙語說書人Dixit，一種需要用聯想力進行的桌遊，說書人從手上選出一張牌覆蓋在桌上並根據上面的圖給出主題來形容，其他玩家依主題跟進後，翻開桌上所有牌並進行投票，投出最接近說書人說的主題。是一種能透過玩家之間的聯想力和差異性來認識彼此的派對遊戲。

4 電力公司Power Grid，以發電廠與變電所之間的關聯性做背景，複雜的規則呈現出現實中市場的供需法則，是一種需要鬥智進行的策略性桌遊。

被證實了，因為亞當當時遇到的一隻大海龜，在發現被人類跟蹤後就開始不斷進行著蛇行甩尾，讓亞當一家人跟不上，但後來遇見了海龜裡的常客，這隻海龜表現自然，似乎早早習慣了人類在牠身旁圍繞著，也不影響牠活動，這讓他們順利的拍了幾張很美好的照片，其中一張莫過於海龜浮出水面換氣時的瞬間與家人們一起合影的照片。約翰沒有跟家人們出遠門遊玩過，但他倒是注意到了每一次回鄉下找外公和外婆時，鄉下的風景總是特別的美，不知道是不是錯覺，約翰總是認為那裡的花朵，都是鮮紅又大的熱情美，路上隨便一朵都是能用雙手去捧著的大小，而且即使只有一朵也開得盛情，足以讓人停下腳步好好欣賞一番。晚上時全家一同去參加祭典、開車經過鄉間田野時，能看見不時地有流星劃過的滿天星空，在鄉下地方才能真正體會到什麼叫作：「滿天星」，甚至可以清楚看見一條銀河，白天也能看見一整圈的彩虹，這讓住在都市的他每每都能感到很驚奇。

被喚醒的故事讓他們在桌遊裡得到更好的發揮，在每次的玩樂中施展著自己的個性，享受著被接納的暖；享受著自身差異性被善待的美；享受著歸屬感的擁抱；所有情感都有地方可放，不再被輕忽。在畫畫創作裡，最後亞當會充滿自信且大聲地用他的圖來說故事，約翰則是發揮他的觀察力，為亞當的故事提出更好的意見。他們在畫室裡，時常一待就是兩小時，結束後就在客廳邊吃著點心邊休息，而卡珊卓則開始著手準備晚餐。

某天卡珊卓在整理畫房時，發現了一本小冊子，打開裡頭是一篇篇的小文章：

＊翅膀

在我殘殺你時，請原諒我的必要；當我埋你在陰暗溼冷處、連我都遺忘時，請回應我日後的呼喊。歲月的風吹雨淋，永不見日的孤獨，了無聲息的時間，也許我終將棄捨你，也請不要沉睡，發出你真誠的吶喊呼喚我，即使我聽不到，也不要放棄，使出你的本質喚醒我的記憶，這是你的使命，否則便是遺憾。

「嗯，挺有意思的。」卡珊卓心想著並喊了約翰。

「嘿，我在畫房看到這本，這是你的嗎？」卡珊卓問。

「不是，是亞當的，有時候休息時他會在上面寫些東西，像是在註記些什麼，也許是他的筆記本吧！」約翰看了看說。

「喔！是嗎？那可以請你保管好明天給他嗎？」說完卡珊卓便遞了小冊子給約翰。約翰接過來，好奇地翻了翻。

＊關於藍色

當你沉浸在深藍大海中，閉上眼、摒住呼吸、忘卻思考，短暫的瞬間就像現在常駐心中的情緒，沒有任何形容詞能貼切說明心中真實狀態，甚至連自己也不知這樣是好還是壞。

我想，也許這就是藍色，在裡頭浸泡久了，自己是否還需要氧氣，都無從察覺。

「妳看這篇，這是跟大海有關的。」約翰跑去廚房給卡珊卓看。「嗯……這個嘛，確實，藍色可以有很多種意思，他寫得其實挺好的。看來亞當是個慢藝術家呢。」卡珊卓邊洗著碗盤邊說。

「什麼叫慢藝術家？」

「把接收到的資訊經過內心感受消化後再傳達出來的，我都覺得是一種慢藝術，不立刻做評斷、不設限對方的多樣性和可能性，願意會花時間察覺自己內心迴響的人，而有些人則會把那些感受用某種方式傳達出來，用文字創作、舞台表演、唱歌等，而這過程本身也都是一種藝術。」

「只要是有用心去聆聽的人都叫慢藝術家嗎？」

「對，聽不是只用耳朵和大腦，聽是需要用到內心的，這概念是我在某本書上看到的。」

「聽起來很難。」

「是啊，這會需要直面自己，而要和自己的心坦誠相見，有時候確實是一件很難的事情。」

「但是，為什麼要這樣做？」

「不論你的身分是什麼，是小孩還是年長者，是老師或是老闆，不論年紀和社會地位，時時刻刻修正自己是非常有必要的，才不會在情緒激動時說出違心的話。」

「我喜歡和妳說話，卡珊卓。」

「為什麼？」卡珊卓突然笑了。

「妳把我當大人一樣說話，雖然我不是很懂，但也許有一天我會懂的！我先回房了，晚安，卡珊卓。」約翰欣然離去。

「對了！不能再看囉！那是亞當的隱私，好嗎？」卡珊卓彎著身子朝著約翰的方向喊著。

「沒問題！」約翰回道。

約翰回到了房間，耐不住好奇心便在床上繼續翻了兩頁：

＊心盲

我跌倒了，你看見了；我重傷了，你看見了；我止不住血，你看見了；我放棄求助，你看見了；我放棄了你，你看見了。但你依舊對著我講著你的事，你看見了整個過程卻不是見證者，也不是拯救者，你只是看著，講著你自己。我再也無法康復了，你看見了，我再也找不回自己的純真，你看見了，但你只是看著，就只是看著，目睹著一切，直到我澈底破碎，你感受到傷心，因你再無可說話的對象。

約翰接著看下一篇心想：「小紅帽的童話故事嗎？」

＊大野狼

我愛你，好愛你，你身型壯碩、肥嫩有彈性的肚子，抱著我時可以把我整個擁入你的懷中，雖然有點喘不過氣、雖然知曉你的殘暴，但我愛你，好愛你。在某個夜晚，我抑制不住自己的慾望，在你熟睡時，我拿起尖銳的刀子，從你脖子下的胸口處，一路滑向小腹，毫不遲疑，你毫無反應，鮮血噴出，染紅我肩頸的衣裳，我靜待血液冷靜後，徒手把你的內臟取出扔在地上，僅保留一點脂肪，噢，我不禁發出讚嘆，我好愛你，真的。我拿起針線，爬進你剩餘的軀殼裡，躺在你懷中，享受你溫暖的擁抱，還不夠、還沒，我準備好針線開始縫紉你敞開的身體，一針、一線，這才離我的慾望越來越近，終於，快樂的時光總是過得特別快，我的慾望被滿足，我被你緊緊擁入懷中，肥嫩有彈性的擁抱，我愛你。

「我的天啊！好可怕！我的天。」約翰忍不住發出害怕的呻吟聲，把小冊子丟在桌上後裹著棉被試圖忘記剛剛看見的內容。

隔天，「嘿，亞當，這是不是你的東西呢？」約翰一見到亞當便打算把小冊子趕快還他。

「噢！是的！謝謝你，我昨天回去找了很久呢！我以為我掉在了外面，害我好緊張。」亞當很高興地接過小冊子。

「你都寫了些什麼呀？」約翰的好奇還是藏不住。
「這是我的日記。」亞當微笑著邊說。
「可是，我看起來不像日記呀！」約翰意識到自己說溜了嘴正準備解釋。
「我不喜歡寫得太直白，所以都是很簡短的小文章。」亞當回。
「你想當詩人是嗎？」約翰問。
「詩人是個不錯的主意。你呢？你想當什麼？」亞當問。
「我不知道，沒什麼想法。」約翰說。
「我聽說了你發生的事情，我很遺憾。」亞當說。
「什麼？」約翰問。
「你家人發生的事情，你還好嗎？我一直沒問你。」亞當說。
「噢，那件事啊。我不知道，他們好像還在某個地方生活著，就像我只是去上學，他們去上班上課一樣。」約翰說。
「你睡得好嗎？」亞當說。
「我睡得很好，只是不知道為什麼總是全身無力，我可以感覺到我的力量都從指尖流失掉。我的手和我的腳從關節開始都沒有力氣。」約翰說。
「從什麼時候開始？」亞當回。

「爆炸之後再次看到他們的樣子時。」約翰繼續說：「過一陣子後，我覺得我的腦袋好像整個被塞滿一樣，又好像整個都被掏空的感覺。也許我已經死了，跟著他們一起。」

「不，你沒有，你就在我眼前。」亞當說。

「我知道，只是我從來沒有這種感覺。你知道上帝花了一個星期建造天地，也許他帶走我的靈魂也需要一星期。一個星期帶走我的體力，再花一個星期帶走我精神。」約翰說。

「我不懂。」亞當說。

「靈魂脫離身體的時間。」約翰說。

約翰看著沾滿顏料的雙手，覺得這個世界似乎顛倒了過來，全部，都不一樣了，黑與白對調了，兒童樂園裡響著引人注目的音樂、華麗燈光閃爍的旋轉木馬，不是直直的向前前進轉著圈，而是在倒退著轉著，音樂也是倒著播放，始終如此，只是沒有人發現，這世界其實是殘破的，是無情的。

「你很愛他們對吧？」亞當說。

「我是。但……」約翰繼續說：「我可能不夠愛他們。」

當哥哥在向約翰求和時，約翰一點都沒感覺到真心，只感受到威脅——若是不答應，下一次只會更難看。所以約翰連正眼看哥哥都不敢，不是瞧不起，而是害怕，害怕在對眼時，讓哥哥抓到自己的把柄，讓哥哥知道約翰會害怕他，這樣約翰會連最後的防衛都沒有了。為了這個防衛，約翰必須裝出不害怕的樣子選擇不直視他，而約翰也因此失去了這位家人，早在發生爆炸之前。

「為什麼？」亞當說。

「我不知道。」約翰說。

「也許，你只是需要點休息。畢竟，這不是很輕易就能接受的事情。」亞當說。

「也許吧。我只感覺沒有力氣。」約翰繼續說：「沒有力氣思考、沒有力氣去感受。」

「你可以把這種感覺寫下來，如果腦袋太多東西的話，把它留在紙上或許會好一點。」亞當說。

「聽起來是個不錯的選擇。我試試。」約翰說。

這時一個短暫的敲門聲後門被推開，是卡珊卓。「嘿，要出來休息嗎？」卡珊卓說。

「我們正在休息。」男孩們一同看向卡珊卓，一口同聲地回道。

「噢！好喔。」卡珊卓感到有點尷尬和驚訝，卡珊卓似乎是多心了，默默地把門關上。

莉婭聽見了男孩們的對話，在卡珊卓開著門的空檔，莉婭便已溜了進去，在角落裡觀察著男孩們，有一瞬間莉婭想到若是自己有孩子會是什麼樣的生活，家門關起來了，只有在裡面的弱勢角色才會知道，那些「家人」在外面的面具卸下後的樣子；那些大家要看到的所謂的正常，背後真實的模樣，都會在門關上那一刻，隨著門鎖一道又一道被鎖上的同時，也截斷了弱勢角色的後路；封鎖了求救的機會；封鎖了一切聲音乃至沒人知曉，這時真面目的樣子才會暴顯出來。眼前的孩子們散發出的味道就是次等公民的氣味，充滿著對自己的不確定，而家中的獨裁者要你做什麼你就得做，不，以約翰父親的邏輯來說的話，要會勢利眼要會阿諛奉承，才有資格生存。

莉婭走到紅色顏料旁，無聲無息地一腳踢倒了顏料瓶，鮮紅色一大片的印入孩子們面前。

「嘿！」男孩們驚呼喊道，左右擺頭察看著，「喵！」莉婭主動現身。

「嚇我們一跳！莉婭！」約翰激動地說。

「噢！是卡珊卓養的貓咪，但怎麼會跑進來？」亞當說。

「誰知道呢！」約翰邊摸著莉婭的頭，莉婭尾巴翹得高高，一隻前腳微微抬起一臉享受著，一個重心不穩便直接躺在地上露出肚子。

「你要摸摸看嗎？」約翰說。

「不了。」亞當說。亞當看著躺得慵懶的莉婭，想起自己躺在床上的每一個夜晚，好幾次在踏入家中的那一刻也正式回到亞當自己真正的世界，亞當感到無比的疲累、抑鬱、無力感如鎖鏈拖著亞當的腳步，開心和歡笑在亞當關門的瞬間脫離了亞當的軀體，隨著鎖門的聲響被關在外頭，破碎的亞當躺在床上，像是躺在流沙裡，當亞當越是在床上掙扎想起床，就越深陷在床之中，亞當起不來，但亞當的淚水卻靜靜的、成功地逃離了床，來到了地上，那是亞當與外界唯一的連結，無聲、渺小又脆弱。

亞當幾乎可以在床上躺十二個小時以上也無人會注意到。但無論如何，到了晚上，亞當還活著，而亞當的世界越來越小，只剩眼前的天花板和把亞當往過去拉的重力，亞當感到很累，身體疲憊不堪，感覺自己一接觸床，就能立馬斷電並開始進行充電般的熟睡過去，但是精神上卻越是亢奮，亞當的身體和精神老是在鬧不合，精神是個精力旺盛的小孩，而身體則是像老人般，努力了一整天，只是想坐下來休息一下，卻還要帶著孩子，這讓亞當無法好好入睡休息，可惜每每在這種拉鋸戰中最終都還是輸給了孩子的精力，時鐘一刻一刻的走向早晨，外面天空的顏色由細膩溫柔的陽光漸漸轉為暖陽，最後耀眼地理所當然地照耀著能照到的一切，巴士開始營運今天第一班最早的班次、人們開始出現在路上行走、車子也開始在路上跑，而亞當，體力上無縫接軌的也準備開始了新的一天。直到課業和家業的工作結束，亞當才能順利跟著電力澈底耗盡的死小孩一起入睡。

「我們來畫出對方的樣子好不好？」約翰說。

「聽起來不錯。」亞當說。

一會後，約翰交出了一幅用蠟筆畫的畫作，蠟筆呈現出的亞當正認真的在吧檯裡，沖煮著咖啡，吧檯外的座位上坐著獨自前來、零散的客人，亞當沖煮出來的咖啡似乎有著魔力，每一杯的味道都不同，但卻符合每一位客人的心境，使得大家都沉浸在咖啡香味所創造出來的世界裡，屬於客人自己的世界裡，而細節裡可以看到吧台上有一本冊子，供大家翻閱，有個年長者彎著腰看得入神。而亞當則交出一張水彩畫，從側邊看見約翰站在底下滿是聽眾們的講台上演講的樣子。

亞當充分發揮了他對於色彩的運用天賦，配上水彩獨有的通透特性，在水和顏料的比例上、色調的控制下，使得約翰停在舉手投足都充滿自信的瞬間，利用水的流動和水痕在聽眾們身上營造出多層次的視覺效果，聽眾們的眼睛也看起來聽得很認真使得眼睛都特別大。用色活潑運筆清透在整體上給人一種也想參與聽講的錯覺。

「是講師？」約翰說。

「不錯吧！我覺得被人認真聽的感覺很好。」亞當說。

「有意思，我喜歡，送給我好嗎？」約翰說。兩人互送給對方自己的畫作留為紀念。

四個星期後，孩子們膩了，卡珊卓也累壞了。但是，約翰已經一個月沒有再沾鹽巴到自己的傷口上了，卡珊卓成功轉移他的注意力、給予他關愛，讓他減少了不自主的自虐行為的頻率，也讓約翰累到不會想來騷擾莉婭。

一天下午，愛蜜莉想來看看卡珊卓的新生活。「我的天啊！卡珊卓妳看起來快虛脫了！妳還好嗎？」來訪的愛蜜莉看著前來開門的卡珊卓說。

「很好，我想。他們玩得挺開心的。先進來吧！」卡珊卓說，卡珊卓的亮橘色捲髮還沾著一些顏料。

家裡看似一切正常，直到愛蜜莉打開了孩子們平常玩耍的畫畫間，愛蜜莉像石化般站在門口動也不動，眼睛睜得大大的。

「來客廳吧，我等會才要清理。」卡珊卓坐在客廳的沙發上喝了一口紅酒說。

「親愛的卡珊卓，妳在想什麼呢？妳不是只要照顧一個十幾歲的男孩嗎？這是他一個人弄的？妳家的天花板本來就是那個顏色嗎？」愛蜜莉問。

如果莉婭笑得出聲音的話，莉婭敢保證自己的笑聲，足以讓卡珊卓意識到她有多愚蠢了。這房子可是租的呢！她當初應該要連天花板都黏個圖畫紙才對，她沒想到兩個男孩可以玩成那樣。

「我覺得我必須這樣，愛蜜莉，我只有幾個月可以陪約翰，他需要一些發洩。妳知道這一個月的合作期間，約翰的行為變得自然多了，亞當對自己的作品也充滿了自信。」卡珊卓彎著腰，手托著下巴，一副疲憊模樣說道。然後指著廚房最顯眼的牆壁上，掛著那副卡珊卓為他們兩男孩畫的畫，並接著說：「這是我替他們畫的瞬間，每個世代都有每個世代的形狀，但人類起步至今，還沒有一個世代的形狀是長著翅膀的。」說完，卡珊卓就像斷電一樣癱在沙發上動也不想動。

愛蜜莉走過到那幅畫前，一手插著腰一手托著下巴端詳，卡珊卓突然說：「妳知道亞當有一個畫畫比賽的機會嗎？」

「學校的嗎？不錯耶！我看他在妳這練習的創作都不錯。」

「但創作的人是他的妹妹，作品掛他的名字而已。」

「什麼？」愛蜜莉站在原地一臉驚訝地看向卡珊卓。

「他父母說要有妹妹參與這機會，最後爭論之下兩人一人畫一半，聽說成品直接被老師退出比賽資格，而且是當著全班的面。」

「天啊，太慘了吧，為什麼要這樣。」說完，愛蜜莉走向卡珊卓並坐在旁邊。

「父母決定的事情，亞當作為晚輩能怎麼樣？我怕他會因此不再創作，所以才特地用一個畫室。」

「這樣很好，但是，我不懂，他們還那麼小，尤其是約翰，最多只會待幾個月而已，他們長大後也許根本就不記得妳的存在。」愛蜜莉說。

「無論年紀，他們的情緒都需要被好好照顧。對我來說，只要是對方有權利的，我都會把他們說的話當真，他說他難過，他就是難過，他說他受傷了，他就是真的受傷了，若是趁機用他的無知和迷惘試圖誤導他做出你想看見的事情，他當下也許會如你所願，但總有一天他會意識到不對勁，等我老去，我的影子裡就會多了一把刀，畢竟他總有一天會長大的。」

「妳是害怕他們會報復？」

「當然不是，這是他們的權利，他們有權利選擇這樣做。」

「就像愛一個人，愛得理所當然、愛得名副其實，他們也有權利選擇離開，是這個意思嗎？」

「對，不管那人處境多艱難，他都有這個權利，而我也尊重他們的選擇。」

「妳的權利呢？妳選擇了什麼？」

「我所認識的世界是不堪的，但我不會因為自己受了傷而去讓別人也相信這世界是傷人的，我很難這樣做，也很難說出口。」卡說卓說完發現愛蜜莉一臉意味深長的看著自己，卡珊卓接著說：「我不過是選擇了自己能承擔得起的選項，其他選項的後果，我都無法承受。」

「也是。『人是有選擇的。』這句話只是聽起來很自由，實際上有時候根本沒得選。妳知道妳需要什麼嗎？卡珊卓。」

「妳需要幫忙，妳需要我。」

愛蜜莉笑了笑繼續說：「妳需要一個幫手幫妳一起收拾畫室，再說下去到明天妳一個人都收不完的。」愛蜜莉一臉微笑挑著眉看著卡珊卓。

那天的善後比平常快了一倍，包含天花板的清潔。她們幾乎把所有畫紙和顏料都清理掉，只留了那張素描畫和其中一幅畫，一張以莉婭作為靈感的傑作。他們先是用鉛筆在黑色全開圖紙上頭，描繪了莉婭平常精神抖擻、充滿自信站姿的輪廓，稍微側身、站的直挺挺並翹著尾巴的樣子後，接著在上頭用刷子沾上白色顏料，再把白色顏料甩在黑紙上，然後三人協力花了一整個下午，把各種顏色的彩紙剪碎，再一片一片黏滿貓咪以外的地方，其中鬍鬚這種細節的地方，更難用不規則狀的彩紙，黏出代表個性的弧度，但是約翰卻展現出他的細心，其中三根都是約翰獨自完成的，另外三根則是亞當和卡珊卓的作品，雖然有些許的不對稱，但是配上其中一支有破損的耳朵，讓整體看起來更有生氣卻又沉穩的感覺，面對上帝給的難題，貓咪表示：「關於人生這齣戲，我只是來玩的。」更多的意思是：我只是用旅遊的方式，來體驗這個人間。

這隻貓咪沒有名字，如果你知道自己是誰，你還需要名字嗎？

但是作品需要個名稱，這幅畫的名稱叫做「遊生」，旅遊人生之意。他們三人都很喜歡這種人生態度，所以決定把這幅大作，掛在客廳電視的上頭。

兩人在約翰睡後，在沙發上開始喝著葡萄酒聊天到半夜，愛蜜莉很久沒在卡珊卓家過夜了。莉婭再次離開了卡珊卓的雙胸跳到了被矮化的櫃子上去睡。

隔天，卡珊卓在桌上發現了一張有著些許皺摺的紙張和愛蜜莉留的紙條：「這是我昨天整理時發現的，也許妳該看看。」

＊不見

我很迷惘、很恐慌，甚至畏懼你們，但不應該如此對嗎？父母應該要保護自己的孩子，兄弟間應該要和睦，我應該要有一個真正的家，一個接納我的歸宿，但你們始終不歡迎我，從你們的眼神、態度和行為，我都能感受得到。我愛你們，很愛很愛，所以這也成為了我的致命傷，你們恨我，我就討厭自己，變得卑微、渺小。即使你們走了後也在影響著我，我很抱歉，真的，不論你們出自什麼原因，我都感到抱歉，因為我的存在你們才會這麼不開心，活得不快樂，走得又悽慘，對不起，死的人應該是我才對，這樣世界上就會有兩個人是快樂的，不是三個，也不是一個。

卡珊卓捏著紙張感到緊張，並輕輕喊著約翰，邊往約翰的房間裡去，「約翰？」卡珊卓什麼也沒聽見，「該死的，愛蜜莉怎麼這樣就走了！」卡珊卓又叫了一次，這次只聽見自己踩著階梯的聲音和自己的心跳聲，「嘿！」卡珊卓一個箭步衝上樓推開了約翰的房門，撲通、撲通和自己要喘不過氣的呼吸聲，「可惡！可惡！」卡珊卓一邊咒罵著一邊衝向床邊掀起被單，一個穿著深藍色整套睡衣的身軀捲曲在床上，卡珊卓懺抖著雙手想過去看個究竟邊說：「嘿，約翰？」就快觸碰到時，這個身軀彈跳了起來縮在床頭一臉驚恐的看著卡珊卓，一滴眼淚從卡珊卓臉上滑落了下來，約翰的驚恐帶著很大的疑惑。卡珊卓趕緊深吸一口氣說：「嘿，你還好嗎？我剛剛叫你好幾聲你都沒有回，很抱歉這樣闖進你房間裡。」約翰揉了揉眼睛說：「沒關係，我剛剛做了個噩夢，還好妳有叫醒我。」約翰繼續說：

「妳是聽到我的聲音才來的嗎？我很抱歉，我沒注意到自己有尖叫。」

「不不不，噢！」卡珊卓這時才注意到外頭天都還沒亮，天殺的，這時候他當然睡得正香，但卡珊卓還是問了：「噢，我只是剛好發現了這個想說來看看你。」卡珊卓的聲音還在懺抖著邊把紙張遞給了約翰。

「你還好嗎？」卡珊卓忍不住又問了一次。

約翰還沒清醒的眼睛正吃力地看著手上的紙張，憑看幾個字就知道這是什麼。「很好呀！這是我前幾天半夜寫的，我想寫的跟亞當一樣，但我看還是失敗了，妳一眼就看出來我想說的話。」

「噢！約翰。我……」卡珊卓一臉揪心的樣子說。

「不，不是妳想的那樣，這只是在整理我的思緒而已。」約翰說。

「整理思緒？」卡珊卓雖然沒聽懂，但她終於有放心的感覺了。

「這是亞當教我的。」約翰說。

「噢！那你現在好多了嗎？」卡珊卓相當心疼地問。

「對呀！如果我能繼續睡的話。」約翰很有精神的回答著。卡珊卓表示同意並再次道歉自己魯莽的行為，然後就離開了房間。

3 回歸

三月初，隨著遊戲告一段落，在三月的第一個假日，卡珊卓實現了她的承諾，帶約翰去露比樂園玩。回來後，卡珊卓想到了一件她一直很想做的事情，卡珊卓除了日本的默散島以外，也曾離開過那座島到別的地方去生活過，那時候她接著要去的地方是個會下雪奇冷的城市，就職的公司有百年歷史之久，是當地數一數二的知名傳統溫泉旅館，管家式的服務，讓卡珊卓著實學了不少東西，尤其是日本插花美學，館內放在各個角落的插花，小至房間、走道，大至一樓大廳的超大型插花藝術，一星期會換兩次，那裡又夠大共四棟，每天服務著各式各樣的客人，眼睛也欣賞著插花藝術，日本之美，這些都讓卡珊卓留下深刻的印象，但卡珊卓從沒有在自家裡實踐過，所以她想和約翰，為這個家點綴一下，打算放點鮮花在家裡，不是普通的裝飾而已，她想要有一種能讓鮮花展現出自然意境、典雅之美，卡珊卓想在家弄點專業的插花藝術。

當卡珊卓把這個想法告訴愛蜜莉時，莉婭敢說愛蜜莉一定是開心極了，愛蜜莉對小遊戲其實並不感興趣，所以愛蜜莉非常願意在假日時一同參與這個有趣的活動。有了愛蜜莉的加入，卡珊卓想玩更大一些，她想特別在家門口放一個大型插花。除了客廳兩個和廚房一個懸掛室的小花瓶以外，卡珊卓和約翰的房間，以及亞當也都各有一個他們專屬的花瓶，讓大家可以保留自己插完的花。卡珊卓的房東有一大堆花瓶和器具可用，聽說房東之前的生意是開花店的，這正好給了卡珊卓一個便宜的管道，可以採買到新鮮花朵和各類樹葉。有了之前藝術創作的經驗、加上經歷過團體遊戲的基礎，這個合作的活動起頭並不是很難，只是步調慢了一點，卡珊卓想追求的是一種寂靜美，她很欣賞日本的小原流花道[5]，所以大型插花的部分，打算與愛蜜莉、亞當、約翰共四

[5] 小原流由小原雲心（一八六一－一九一六）於日本明治末年創立，至今仍是日本有代表性的花道流派之一。

人，一起以花意匠[6]為基礎做設計，在四月初左右去完成它，而在那之前都是用其他的作品來當作練習。

日本的花道、茶道這類傳統藝術文化，它不僅僅只是呈現出視覺上的藝術，了解了花朵背後的涵義，貫徹了茶道的禮儀，實踐於生活中後，可以改變一個人的氣質，沉穩卻充滿力量、堅韌卻又散發出柔美，使人產生尊敬不敢輕易冒犯的個人氛圍。約翰和亞當在連續兩個月的創作學習之後，氣味變了，變得渾身充滿花粉的味道，整間屋子都是，連只有假日會來的愛蜜莉也是，更不用說是準備前置作業和善後的卡珊卓了，若是能看得到花粉，莉婭就像掉入了馬賽克的世界。整天打噴嚏，莉婭根本什麼都嗅不到，逼得莉婭不得躲在窗邊休息。

四月初，英國的櫻花季正式上場，他們特地把大門漆成白色，純黑直立束口的花瓶裡，插著鮮紅色的櫻花，櫻花輕輕地附著在肆意綻放的樹枝上，他們讓樹枝盡可能地延伸，大膽無拘地奪去花瓶周遭的空間，黑色花瓶像極了椅子上的扶手，讓有著花魁架式般的櫻花靠在上面，整體具有日式禪意感的氛圍，帶著不怒而威的力量感。另一個角度看，又像是太極圖裡倔強的長出美麗的櫻花，為平衡帶來更具象化的視覺衝擊。嬌嫩的櫻花卻又讓人感到親近，如同守護神般，守護裡頭的四個人，和一隻貓。最後在一個假日裡，在房東的協助之下，他們順利完成了大型插花藝

[6] 花意匠（はないしょう）是小原流在一九九一年創立的新花型。尊重花材個性的插花藝術形式，四面可觀賞較立體的裝飾性花作。

術，並放在門口。

他們也在家中黑色餐桌的桌面上，放一個還有許多花苞未開放的白色櫻花的插花，花瓶小至不占據櫻花的色彩，由上往下看時，像極了在漆黑的夜裡，看見星空中大大小小的星星般。這大概是莉婭獲得的最大的福利了！只有莉婭占住家中的至高點。在執著於對與錯、堅持著善惡有報的黑白中融入了色彩，總算是有相愛的一天。

「我們這星期六去天空島如何？」卡珊卓對著約翰說。

「那是哪裡？」約翰一臉狐疑地回答道。

「那是蘇格蘭最北端的地方。」卡珊卓說。

「天空島？會不會是最接近天上的地方啊？」約翰回答道。

「對啊！也許在那可以看到上帝唷！」卡珊卓打趣地說。接著露出微笑以自信的口吻接著說：「我們這次去遠一點的地方，去人煙稀少的地方，感受一下被大海圍繞的感覺。離這裡挺近的，只要開車幾個小時後，開過跨海大橋就可以到了。這星期六剛好是莉婭的生日，我想我們和愛蜜莉、亞當，四個人一隻貓一起去那住一晚如何？會很好玩的唷！」

幾個小時的車程？莉婭想起自己獨自搭車去露比樂園玩的時候，都要半年前的事了。

卡珊卓保留了家裡的樣子，維持新鮮櫻花的擺設，在星期六早晨十點，無風無雨的大晴天，準備好了行李，放進愛蜜莉的敞篷車後車箱，愛蜜莉負責駕駛，卡珊卓則坐在副駕駛負責看地圖，兩個孩子帶著墨鏡，穿上深藍色底紅鶴圖騰的夏威夷風上衣和短褲坐在後頭，莉婭在車窗旁邊看著風景，準備一同往世界盡頭的島嶼出發。

一台淺藍色復古敞篷車，以時速九十公里的速度，奔馳在這個全長三千五百四十公尺的跨海大橋上，一路上沒有任何其他車子，宛如這個假日只屬於他們。乾淨清澈的海水，隨著海底的深淺和陽光的照射，折射出許多漸層藍。抬頭望去，青藍的天空在莉婭眼裡綻放，風和重力在莉婭身上推擠，情緒和思想跟不上，一切將變得不同，轟，天空中突然發出一聲怒吼，藍天逐漸被烏雲籠罩並開始下起暴雨，模糊了莉婭的視線，跨海大橋開始劇烈搖晃，石灰建築物崩裂的聲響蓋過了其餘聲音。轟，一聲清楚的電擊聲。

「後退！」有個聲音說。

他們便開始往下墜，往下、再往下，直到大海張開手臂接住他們。

第八章

去處

1 新線索

六月二十日警察吳進孟為了調查艾麗雅墜樓的實際情況，所以再度來到了案發現場，與他的新搭檔，一位纖瘦高挑、綁著長馬尾的女警察——潘妮曦，當他們推開門時，凌亂的客廳、爭吵過的痕跡，警方調查過的氣息，彷彿一切都還停留在事發當天。

「我們先從她的筆記和生活環境來找出她墜落前的狀況好了。」吳進孟說。

「同意。」潘妮曦說。

吳進孟和潘妮曦一起蹲在最關鍵處——客廳，吳進孟隨手拿起其中一本日誌翻開它，邊看邊撫摸著那情緒帶出的力道刻劃在紙張的文章，原子筆的顏色是那麼深、同時紙張上又能摸出上一頁文字留下的透明痕跡。又有些文章是那麼輕描淡寫如同放棄時的脆弱寫下的。吳進孟仔細看了其中：「我曾無意間得知在媽媽懷孕期間曾挺著大肚子去敲其他女人的房門找我父親，因為我的存在，母親在懷孕起便受到嫌棄、受到了背叛。也在母親生產完身子還很虛弱的躺在病床上時，被氣惱地質問：『妳知道妳生了什麼東西嗎？』只因為我不是這個家族所期待的孩子。母親對我的愛轉向對我的憎恨，而父親討厭我，看我的眼神都是厭惡，我從沒看過父親對我有慈愛的眼光。」

吳進孟想繼續看著下一頁：「我的痛苦，當我還在母親肚裡時，母親每天就用悲憤的淚水為我打造了我的第一個朋友——罪惡感，伴隨著我一起出生、長大，最後定居在我的肚子裡，每當我感到不安、受孤立時，肚子裡會有一處變得沉重、這個沉重時而深時而淺，那就是罪惡感的定居處。」

然後吳進孟再次隨手拿起其他紙張：「自我認同正在溺水，但是卻不敢求救，就像不敢試著救那些被施暴的孩子們。有時候我可以一天只吃一餐的量，覺得自己的胃有東西讓它忙著，我想是某種解釋不出來的情緒在胃裡頭，比較偏向是焦慮和罪惡感在胃裡，正在相互融合、釀造出新感受的一種發酵過程，或許人的胃不只能消化食物。」

而潘妮曦則是看到了幾張被撕去後，只殘留在連結紙張成書本的碎亂痕跡，「怪不得拿起時感受到這本日記有個空虛感。」潘妮曦心裡想著，那些當下不想留著的書頁，到底還是給人留下了這本書虛胖的偽裝。不過沒有撕乾淨的部分，潘妮曦看見了其中一頁是一幅人像畫，留下的只剩被花朵和藤蔓覆蓋的赤裸又白晰的腳，在那雙腳處的石頭上有一個名字：「Cassandra。」而接著的文字則在最後一頁。被撕了一半的紙，剩下的字寫著：「我沒有變成自己討厭的人，但我卻變成了連我自己都不認識的人。」

接著其他紙張片段的文字裡寫道：

「這世界的現實讓我跳動的心臟，不知何時開始宛如被澆了一桶滾燙的熱水般，熱氣因著慣性壓抑情緒的習慣，體內如同保溫瓶，把熱氣給鎖死在我的胸膛中，致命、深刻的灼熱感使我感到疼痛不已、疼得難耐，疼得暈過去又再度被痛醒，並開始在心房、心室的表面和內側分別長起了大小不一的水泡，連旁邊的大動脈上也有幾個水泡依附著，疼得麻痺無感覺，直到破了才感到更痛，然後再繼續起水泡，可我卻還活著，一直都活著，隨著呼吸一吸一吐，空氣在體內流動，都能讓我感受到痛以外，這熱水之中因自己長期的執著、怨恨、極度失望，自主產生了許多猶如穢物的糞水般，跟著滾燙熱水一同深入進傷口之中，折磨、煎熬、生不如死。為了家人，為了自己，在努力的路途上我丟失了我自己，我在人生這條路上終究是迷了路。」

「但這次我忘了，這次說故事的人是我，製造出令人悲傷、憐憫氛圍的人是我，我製造了這個氣氛，讓他短暫的動了惻隱之心，讓我以為他是真心想愛護我。有時候人的眼睛會跑到屁眼去，怎麼看都是黑的，怎麼努力都會迷路，最後到底還是要自己用點力，才會發現真相，發現自己被時間給玩弄得有多愚蠢，被自己的愚蠢給玩弄得多羞恥，我想這一段香水回馬槍的故事在上帝的戲裡，這一幕應該算是娛樂性最高的高潮了吧！」

「可惜，他父親早已不再人世了。」吳進孟說。

「如果這些是真的，那很難想像這父親還活著的生活。」潘妮曦說。吳進孟站了起來，似乎放棄從這角落找線索的樣子。

「但你看這幾張，這應該夠接近她回國後的時候了。」潘妮曦拿起了其中還算完整的日記本紙站起來給吳進孟看。

「一個人在國外雖然經歷了許多艱難的時刻，但是比起過去卻快樂許多，我很安全，更重要的事是我有活著的感覺，為了在國外生存，我必須自己想辦法找到工作、住所和一些該辦的手續要去問、去處理，自己打理生活讓我很有存在的感覺。但是當我回國後我就知道，這裡一切都沒有變，這人間裡沒有我的家。我母親永遠不會知曉父親的死對我來說是莫大的安慰，當父親的棺木被送進火場時，母親無法接受眼前的事實，雙腿軟癱在地，控制不住的情緒透過眼眶奪門而出，接近昏厥的哭泣，令人感到鼻酸的吶喊，一聲又一聲地在火葬場發洩著對上帝的不滿，這一切我卻聽著很心安。但接著就是弟弟的暴力，和母親的冷暴力，早上被淚水喚醒才睜開眼，晚上與淚水同睡，工作前則在更衣室裡邊換衣服，眼淚也無聲地一邊不斷滑落，工作休息時，埋頭吃著午餐含淚飲下催化情緒反應的化學物質，我多希望我的生活裡沒有威脅，但是事與願違，如果可以安排自己的死亡，我希望死於大海，順著大海找回回家的路。」

潘妮曦邊看個大概後和吳進孟開始從紙堆裡找出下一篇。

「你無法想像在自己家裡，被自己的弟弟追著打到廁所時，還被威脅著若是再不出來，就要強行進去的情況，那畫面宛如回到十幾年前被自己父親強行進入廁所時的情景般，而母親依舊知情卻無所作為的態度，你會意識到這種事只會不斷的發生，經驗告訴我，自己的身體隨時隨地都能被任何人給侵犯，我毫無羞恥之心，不需要也不能有，有了就是反抗、忤逆，就是一個傷害自己的機會；不管事情過了多久、多少年，離家多遠，都彷彿如前天才剛發生的事情而已。一旦對弟弟的作法有不同聲音出現時，母親總是會第一個跟我翻臉，我就像這個家庭裡的局外人般，只要在家裡，當家的沒把妳放在眼裡，連外人都會看不起妳。在自己的家再度被視為透明人時，這讓我開始失去感覺，任何，感覺，我簡直要瘋了般，感受不到任何情緒。看見一切變得更糟，精神開始崩潰，內心失控瓦解，倘若暴力的羞辱再次發生時，我便會親手終止一切。」

「你看這個，『倘若暴力的羞辱再次發生時，我便會親手終止一切』，跟她的精神科醫師說得一樣。」吳進孟說。「可惜上面沒有寫日期。」潘妮曦一臉不以為意。吳進孟說：「繼續找吧！看還能找到什麼。」

「這個怎麼樣？她後來似乎寫得不那麼直白了。」潘妮曦不知何時已找到了下一個線索。

＊夢想中的葬禮

我跟妳說再見，是因為妳未曾傷害過我，也未曾給予過我溫暖。

我跟你說不見，是因為我錯信了你，給了你傷害我的權利。

我跟你說掰掰，是因為你的許多錯是無心也是隱患。

我跟你、妳和妳們什麼也沒說，是因為情已斷在昔日裡，沒必要再說。

我把你們一個個推開，是因為你們本就未出現過，我只需要一道儀式讓自己停止對你們的妄想。

「還有這個。」潘妮曦繼續說。

「但或許我只是太自以為是了，我總是自作多情以為他們需要我，其實是我需要他們當我的家人。當弟弟在我罹癌時正好開始要準備婚嫁，母親對我的態度變了，語氣變得高傲，也許在她的心中，她不用再遭到我的強迫，也不用再擔心、害怕我會傷害她寶貝兒子和他的家庭，因為我這敵人已經變得脆弱不堪又無依無靠，本就不放在心上的人，現在就更不必入眼了。我錯在，都成年多久了，我還是不知道怎麼當我母親的女兒，我努力了、盡力了，卻永不比一個外人的存在價值。」

「我這努力的一切行為，也都不過是順著上帝給的劇本所掙扎演出的一場秀，死神將用我人生最後一次暴力的羞辱、不堪的死呼應了我的開場作為一場戲的結束，這才是劇情要的高潮。世界上最偉大的文學作家之一——莎士比亞，筆下其中的作品四大悲劇，縱使是悲劇也不斷被世人改編並流傳，也許，我的這齣戲劇不需要特別經典或是勵志，上帝單純只是需要一齣悲劇，何不就順著任其發展呢？」

潘妮曦嘆了口氣什麼也沒說。

「『死神將用我人生最後一次暴力的羞辱、不堪的死呼應了我的開場作為一場戲的結束。』，妳知道她弟弟曾說她打算自殺這件事嗎？」吳進孟說。

「這些日記裡的確不只提過一次關於死亡的想法，但還是無法直接證明什麼，連遺書都稱不上。」潘妮曦說。

「好吧！這對案情沒幫助，我們需要一個確切的時間軸，來了解她是怎麼看待自己的，這些碎紙上都沒有日期，遭遇那麼多的事情，心態變化大也是有的。」吳進孟說。

吳進孟和潘妮曦站了起來，退出了那紙張碎片堆，潘妮曦突然興奮地問道：「那個怎麼樣？」潘妮曦指著靠近陽台的一個櫃子，透明的門裡看的見一本本厚如貪心，努力證明自己存在著的貪婪。「資料夾？不錯，標頭都寫得很清楚。國小一本、國中、高中、大學、甚至大學至出社會也有一本，最後出社會後去日本的那段期間也被分為一本。太棒了，開始吧！從高中開始，她弟弟揍她的時候，大概就在她高中的時候，也許會有線索。」吳進孟說。

吳進孟和潘妮曦一同從最關鍵的高中時期那本裡開始，裡頭有一張證書——「參加卡片製作比賽，榮獲本屆第一名，特頒此狀，以茲鼓勵」

「真是多才多藝。」潘妮曦說。

「是啊，妳看。」吳進孟順著潘妮曦指著的方向，看見了一個卡片作品，是一個由紫色為基底色的立牌，上面有著像新娘頭紗的紫色紗布蓋著作品，掀開後卻是一個用正紅色紙張做的比基尼內衣和丁字褲，邊邊部分有紅色蕾絲襯托著大膽，比基尼裡頭是兩顆保麗龍球，丁字褲的線甚至也是只有大膽的紅色蕾絲，而在中間肚子上則用了皮膚色有腰型的卡片，卡片邊緣的銀色線條更是勾勒出其性感和撫媚，掀開卡片後有著祝福的話語。

「挺有創意的。」潘妮曦接著說：「我來看看大學吧。」潘妮曦拿起那本厚的有重量的資料夾，中途還發出了吃力的聲音。潘妮曦翻了幾頁，又幾頁。

「嗯……怎麼沒看見畢業證書呢？我看其他本都以畢業證書做一個段落。」潘妮曦大概翻了一下，每一頁資料夾裡頭有關艾麗雅的資訊都存放著最初的樣子，有時候連信封也留存著。

「可能是她把這個段落放在出社會那本？」吳進孟說完便拿起大學銜接出社會的那本資料夾。

「嘿，妳看，她認養過一個孩子，是在國外的孩子，這裡有幾封信件和小孩的照片，看起來在她經濟穩定一段時間後開始的，將近有半年的時間。」吳進孟說。

「你看這個信封，被封得死死的，上頭寫著：『這不重要，可以丟掉沒關係，不要打開。』」潘妮曦接著說：「要打開嗎？」

兩人猶豫片刻，接著空氣裡傳出撕開牛皮紙的聲音。「是一張懷孕的超音波照片。」潘妮曦說。

「我看得出來，這會是艾麗雅自己的嗎？」吳進孟說。

「我不知道，日期部分被撕掉了。」潘妮曦肯定地說。

「不過，嘿，妳看我找到了什麼！她的大學畢業證書。」吳進孟說。

「藏在一堆影本裡面？這學校很有名耶！而且在這學校裡，她讀的科系是最出名的，我的話一定會錶框起來。」潘妮曦說。

「但艾麗雅似乎是把它藏了起來。」吳進孟說。

「有時候學校不一定都是安全的。也許就跟家暴的事情一樣，不值得被記錄下來。」潘妮曦說。

「好吧，我想休息一下了。幾乎沒什麼頭緒。」吳進孟邊撫摸著額頭按壓著太陽穴說。

但就在吳進孟轉身時看見了在陽台有幾盆盆栽花，陽台門上吊掛著一本小筆記本。正當吳進孟想跟潘妮曦說時，看見潘妮曦還在從資料夾中埋頭找線索，吳進孟閉上了嘴獨自去看了那本筆記本，裡頭都是關於園藝的紀錄，其中一句：「有毒的心思是否也嚇著妳，還是妳被上了莫名的枷鎖，妳的韌性我是知道的，難道連妳也厭棄了這裡嗎？以妳的方式在跟我們說別。也是，也對，和氣散了，連花都不開了。」吳進孟抬起頭時，一個碩大的花自顧自地開得盛夏垂直向上，吳進孟不記得剛剛有這朵花。

接著吳進孟注意到被風吹到陽台角落處的一張紙：「我曾經好想救他們，在那孩子光著身子，數度逃出浴室並大哭著的時候，『為什麼他可以掙脫那麼多次？』我心裡想。那孩子給我好多好多次的機會讓我去救他，他奔向我、看著我，向我求救，而我卻冷眼回應，靜靜的看著他而已。可我內心掙扎著要丟棄學校的警告，拿起電話撥打給警方解決這個問題，只要我這樣做，我就可以救那個孩子、讓他停止哭泣、停止不安，停止被脫光身子挨著打，讓他回到安全的地方，但我始終沒有這樣做，我是個共犯，看著他被抓著一隻腳拖回去後，接著一陣挨打聲，沒多久孩子又逃出來又被拖回去，我最後就只是看著，看著這畫面不停重複、聽著挨打聲比上一次更大聲、聽著哭聲比上一次更絕望、欺凌。那個絕望的受害我懂，那種被施暴的無力也懂，而我卻參與在其中，選擇當一個共犯。我也看著其他孩子們因為太吵而被打，因為被打而哭得吵不停又被打，或是言語羞辱孩子身上很臭，洗澡了好多遍還是很臭，連頭髮都很臭，『頭髮那麼臭還要留長捐出去，妳都不覺得丟臉？』老師對著眼前的女孩說。但到頭來，我該擔心什麼？我似乎也不用那麼擔心那些孩子們長大後需要承受的心理陰影，畢竟，認為孩子不是人的那些人，沒有愛的母親再怎麼不愛我，她帶的第一個孩子不是也如期長大了？我長大了，四肢健全，我的外表健康、沒有缺陷，我活著，我還要要求什麼？我的母親有給我住、有煮飯給我吃、賺錢供我唸書，再多要求就是過分了。」

「嘿！潘妮曦！」吳進孟突然大聲的喊著。潘妮曦嚇了一跳手滑掉了厚重的資料夾，一臉不悅的看向吳進孟的方向說。「幹嘛？」

「我們去看看她的臥房吧！」吳進孟說。

吳進孟和潘妮曦走進艾麗雅的房間裡，一張床，一個擺滿了艾麗雅珍藏小說和各種西洋歐美電影ＤＶＤ的大書櫃，潘妮曦仔細看了一下艾麗雅珍藏的小說，然後說：「嘿，吳進孟你看，有一位美國記者出身的作家，他出版的每一本小說她全都有，每本書背還貼了西元年。」潘妮曦說道。

吳進孟看了看後說：「噢！是個追星女孩呢！」。

潘妮曦不以為意地拿起一本翻閱，一張對折的紙張掉了出來，潘妮曦仔細看然後說：「吳進孟，艾麗雅若是醒了我一定要跟她做朋友。」

「妳可以拿出妳的專業出來嗎？」吳進孟無奈的回答著。

「你看，看起來都是她閱讀完的閱讀心得！挺有藝術感的。」潘妮曦說。

「好，也許是。但妳可以專心點嗎？」吳進孟說。

「好吧！都聽你的。」潘妮曦不在意地回答著。

除了書櫃，床上還有一個小桌子，這讓潘妮曦想起在醫院，病人們都習慣用這種小桌子在床上吃飯。再旁邊還有一扇窗，陽光打了進來，反白了一副全開黑紙，上面稍微描繪了一下站的直挺挺的貓咪輪廓後，盡情揮灑白色顏料，再由彩紙拼貼的作品。在右下角寫著「遊生」兩個字。就貼在書櫃旁邊的牆面上。

「嘿，你看，我想這是作品的名字。」潘妮曦把窗簾拉起了一半後說。

「不錯的名字。」吳進孟說。

「我也這麼覺得！這真是一幅好作品。」潘妮曦仔細的觀賞著，正當吳進孟以為潘妮曦又沉溺在自己的世界裡時，潘妮曦突然有了主意般興奮了起來說：「走，跟我去客廳。」說完便直接拉著吳進孟往客廳的方向走。

潘妮曦讓吳進孟站在客廳的正中央，並背對著後面的落地窗陽台。而潘妮曦則在找一個適合吵架的距離面向吳進孟退後了幾步。

「妳要做什麼？」吳進孟疑惑的問。

「據她弟弟的描述，當時的情景位置，大概會是像這樣吧？你站在艾麗雅曾站的位置，就是在這客廳中央，而我差不多站在這裡，旁邊還站了一位母親。但我想她母親應該當下並不妨礙事件發生。」潘妮曦說。

吳進孟環顧了一下四周說：「我想是的，但妳想做什麼？」

「艾麗雅多高？」潘妮曦問。

吳進孟記得很清楚，因為當他拿到艾麗雅的資料檔案時，連身高的小數點都跟他自己一模一樣。「差不多跟我一樣高。」吳進孟說。

「那她弟呢？」潘妮曦又問。

吳進孟回想當初偵訊前看見他弟弟的景象說：「跟你差不多，她弟比我高約一顆頭。」

「那太棒了，我們可以開始了！」潘妮曦興奮地開始摩拳擦掌，要不是潘妮曦是女生，吳進孟對於這新搭檔還真會有點感到害怕。正當吳進孟想開口問個清楚時，潘妮曦說：「為了破案，你會恨我嗎？」

吳進孟皺起眉頭，心想是能發生什麼事？然後打開雙手一副輕鬆的樣子說：「當然不——噗！」潘妮曦飛快地一腳踢向了吳進孟的腹部，導致吳進孟後退了好幾步，重心不穩的跌落在陽台窗口邊。

正當吳進孟還在驚嚇之餘，潘妮曦看了這個實驗結果後，開始看向地板邊走來走去邊仔細的分析著說：「我看過她弟弟的檔案，身材其實跟你差不多，標準男性身材，而我，剛好很符合艾麗雅的身型，扁形身又高個子，你覺得如果剛剛我們身體調換的話，艾麗雅會退到哪？」潘妮曦說完抬起頭看向吳進孟，等著吳進孟回覆的臉，讓吳進孟站起來後，無奈的喘口氣說：「我看我之後要好好跟妳培養破案的默契了。」

「不，我是說。」沉溺在新發現的潘妮曦有點不耐煩的走向吳進孟拍了一下肩膀說：「嘿，我剛說的你有聽見嗎？」

「有、有、有，你說如果我們身型對換，艾麗雅會退到……」新推測進入吳進孟大腦後，如切換了下一張幻燈片般，打斷了吳進孟想敷衍的話語。

「看來有人說謊囉～這也能解釋目睹一切的母親，為什麼會突然發瘋，什麼話都問不出來，何況在她的說詞裡，若是艾麗雅自己衝向陽台去跳樓，那她又怎麼會記得艾麗雅看著她的眼神呢？」潘妮曦的興奮藏不住，讓她那本就充滿魅力的笑容多了一抹狡詐的味道。

「怎麼樣？不錯吧！有個方向了。要不要再試一次？偵訊時他不是說過『慣性使然』這種話嗎？也許實際上角度可能會有些誤差。」潘妮曦控制不住她的興奮心情，邊用手指比畫著邊說。

吳進孟的眼神充滿了無奈然後還是鎮定的說：「不用了，這還是交給專業的單位去做測試吧！」

「或是，再打給醫院詳細看一下當時的驗傷報告？墜落可能也會重擊到腹部，但是在那之前受的傷痕，應該也是看得出來的。」潘妮曦稍微冷靜了一點後說。

「好，這也是個好主意，兩方面都去查，然後比對結果。」吳進孟說。

潘妮曦像是放下心中大石頭般露出滿意的笑容說：「說的沒錯！走吧！該離開這裡囉！」

「不，我們還有得忙了。」吳進孟說。

「嗯？為什麼？」潘妮曦疑惑地問。

「妳剛踹我後，我打翻了旁邊這個櫃子，妳仔細看看裡頭。」吳進孟的話引起了潘妮曦的興趣，並跟著一起過去查看被撞擊力道給打開的櫃子，裡頭是好幾封信件，看起來是筆友關係，裡頭有兩個名字——E和一個大寫字母——C。

「我想E是艾麗雅，但是C是誰？」潘妮曦問道。

「不知道，不過這裡紙屑怎麼那麼多？」吳進孟開始有些頭昏腦脹，不太舒服的感覺，那突如其來的一腳真是瞬間提高了吳進孟的腎上腺素，使得吳進孟彎下腰想休息一會，把問題全丟給潘妮曦去思考。

「那是你天上的星星還是被你給撞飛起的灰塵而已。」潘妮曦說。

「哈哈哈，真好笑。」吳進孟假笑地說後隨意翻動了抽屜裡，並在角落處找到了古代的拆信刀。「哈！鋸齒狀的小刀已經不利了，才會在拆信時產生紙屑。」吳進孟得意地說完後，潘妮曦開始懷疑自己剛剛是不是下手太重了。

「你快看！吳進孟！」潘妮曦突然倒抽一口氣後說。是一張已成形的雙胞胎相擁的超音波照片，有確切日期，約莫在艾麗雅還在胎兒期的那一年。背面有一行字被刻意塗掉了，只留了一個地址。

「若是很特殊的筆友，那我們接著去拜訪這位C人士！」吳進孟隨意查看了其他信封後說。

「我們怎麼不直接去這個寄出的地址呢？」潘妮曦說。

「那地址只是一個不想讓人知道自己住家所設的一個郵政信箱而已，這跟我上一個案子查的地址是一樣的。」吳進孟說。

「噢，好吧，你確定你能開車嗎？」潘妮曦問。

「當然！妳那點程度怎麼可能傷得了我？」吳進孟抓緊方向盤，強忍著呼之欲出的噁心感，腳踩著油門便開始上路。

2 回家

不知道過了多久，莉婭身處在四周全白的地方，看不出牆壁與地板連結的痕跡，計算不出空間的大小，彷彿就身處在一道光芒之中。

隱隱約約，莉婭看見一個小房間，逐漸向莉婭靠近而放大，有幾個人站著，綁著藍衣，戴著帽子和白色的手套，身旁有幾台機器，不管做什麼，都是圍繞在一個桌台上，一個大燈打在上方的桌台。畫面再放大些，或許是莉婭靠近了幾步，她看見了一雙腳，那雙腳隨著類似雷聲般跟著震動了一下，「再一次。」有個聲音說。莉婭仔細看，他們正在用電擊去急救一位病人，莉婭跳上桌子，看見一名女病患，手上掛著一個紙環，莉婭彎了頭才能看清楚是誰，病患名：艾麗雅。急診室裡依舊是充滿著緊張、生死一線的關頭。主治醫生彷彿是個音樂指導家，在病床上交叉揮舞著下達指令，而醫生護理師們各自盡心做好自己工作的本分，不惜得罪死神再一次的與死神爭奪著病人的性命。

畫面突然切換了，莉婭似乎是在電視機裡面一樣，有人轉了台，莉婭看見一個被綁在病床上的人，兩眼呆滯，一點反應都沒有，但嘴裡似乎在喃喃自語什麼，莉婭往前走，才驚覺那是自己的母親，莉婭看著她然後彎腰低頭去聽，一聲微弱的話語直直入進莉婭耳裡：「妳摧毀了這個家。」莉婭緩緩起身，這似乎是可預料的情況，所以莉婭不以為意，但正當莉婭準備想離去後退了一步時，母親與莉婭的眼神對上了，母親的眼神變了，充滿歉意神情的目光看向著莉婭，莉婭不敢往旁邊看，確認她是不是在看別人，但在莉婭震驚之餘，莉婭看見她眼裡，有莉婭自己的身影。

老舊電視機轉台的一陣雜音，畫面來到弟弟的新居處，弟弟獨自坐在床上，不見未婚妻的人影，莉婭站在門口，看著他低著頭雙手放在膝蓋上倚靠著他的身軀，沒看見表情卻能感覺得出來他散發著悔恨的氛圍。突然一個人體經過莉婭身旁，蹲在弟弟身旁望著他，一手搭在他的膝蓋上，一個熟悉的女孩聲音說：「你不用害怕，我們會保護你。」

六月十六日下午兩點整，西敏鐘聲整點的報時聲響起，「妳回來了。」後方出現了聲音，莉婭轉了向，上帝依舊一身白袍站在莉婭的家前等著她。身處的周遭隨著上帝的出現而改變，鐘聲也逐漸遠離，但莉婭的身體不同了，莉婭不再是隻黑貓，而是莉婭當初一身輕裝出現在家門口面前的樣子，只是莉婭的心境也不如當初了。

「我們，似乎全都掉進海裡了。」思緒百感交集，莉婭的聲音卻聽不出一點情緒。

回到這裡後，莉婭的思緒更清晰了，卡珊卓、亞當、愛蜜莉甚至是約翰，其實實際上都不存在，但烙印在他們身上的傷痕卻是真的，父親的性侵、母親的冷暴力、揮之不去的夢魘、手足的失和、自虐等等，只是一道道分別在不同背景角色的身上罷了。殘破的他們都是艾麗雅過去的一部分，艾麗雅，就是他們所構成的現在。

「你讓我重新看一次過去那些發生過的痛苦，然後審判自己嗎？」艾麗雅頓悟般地說道。

當暴力再次發生後，落在身上的外力如同一桶冰水，潑灑在艾麗雅熾熱的心上，耐不住突如其來的熱漲冷縮，艾麗雅的心開始崩裂，任何輕微的碰撞都是一個重擊，有了裂縫的心一下子就連續掉了好幾塊，使得艾麗雅重心不穩退後了好幾步，掉了一大塊艾麗雅也就感到難以呼吸，並感覺到羞辱、無助、怨恨、自甘墮落的情緒跟著血管衝出繃緊了身上各處微血管，並藉由著中樞神經系統從大腦，從脊髓向外擴張至全身，至雙手指尖上的末梢神經，艾麗雅感受自己全身麻痺、不聽使喚，然後再後退直到整顆心碎滿地為止。最後其中一隻腳絆倒了窗台邊，使艾麗雅更往後傾斜，當艾麗雅的腰觸及了陽台的欄杆後，最後一塊心往地面落下，如大雨前第一滴落下的雨水般、連觸及到了地面的聲音都如此小聲，小聲至沒有人在意，接著就像是有人使勁把艾麗雅往後拉一樣的力道——脆弱，把艾麗雅也跟著往下墜，這一切都發生不到在幾秒之間，一切發生得太快，艾麗雅太專心在自己心中的情緒，太專注看著他們對自己的眼神，厭惡、冷漠、漸遠，然後他們就模糊地從艾麗雅滿眶淚水的眼裡中消失了。

這時在自家附近的二手店買的一個英國大笨鐘剛好響起並伴隨著附近學校的鐘聲，使得聲響更大更真實，墜落窗台的瞬間，艾麗雅閉著眼，隨著清澈又響亮的鐘聲響響起，上帝贈與人類不再犯傻的保護機制隨之開啟了這場以英國為背景的夢境，艾麗雅幻想著自己終於受了那麼大的傷，在這充滿著人群的大城市中，這一次一定會有人注意到自己，並且來救自己、理解心中的痛。曾經尋求的美好在第一場夢境裡成形了，短暫帶著艾麗雅逃離這冷漠如旅館的家，親情如毒液的家人們，安撫艾麗雅以為在美好家庭背景生活的奢望，夢中之夢，則是上帝給艾麗雅的第二次機會。

「是的，妳必須要重新審視自己。」上帝糾正了艾麗雅說。

猜測雖然有些許的誤差但還是讓艾麗雅感到震驚。艾麗雅還是疑問的問起一個看似不是很重要的問題。

「為什麼是隻貓？」艾麗雅說。

「妳忘了嗎？那是妳最愛的動畫角色之一，牠說的話改變了妳。『我們沒有名字，因為我們知道自己是誰』還記得嗎？」上帝簡單的說。

「噢！我看了那電影無數遍了。」艾麗雅說。

「妳知道，當我創造妳的時候，我就知道妳與眾不同，當然，我親手創造的靈魂每個都是獨特的，每個心中都充滿著愛。妳需要借用牠的態度和貓的鼻子，妳需要新的思維去看妳自己。」上帝接著說。

「我們的快樂才剛要開始。」艾麗雅說。

「妳已完成任務了，親愛的。」上帝說。

時間彷彿暫停了幾秒鐘後艾麗雅說道：「為什麼我又是天使？」這是大家都會想問的問題，天使身分固然好，但到了人間就都得經歷沒有童年的人生。

「不是只有妳是天使，親愛的，我創造了很多天使，在人間裡至少有三分之一以上的人都是天使的身分。我所造的天使都很強大足以承受在人間受難的傷痕，這是天使的『本能』。只是當天使轉化成人、擁有人性後，這就不是我所能控制的範圍了，妳知道我並不喜歡你們照著劇本走，人性擁有的創造力比我強多了，這樣戲才好看。」上帝帶點越來越興奮地口吻邊推卸著責任說著，這讓艾麗雅不禁有點憤怒，她說：「你怎麼就不能讓我遇到一個真心愛我的人？我看過很多人遇到真愛後，日子都過得很好，也能用更好的方式看待自己，為什麼我老是要不停的想辦法自己救自己呢？」說出曾經的疑惑，不知道為什麼卻讓艾麗雅感到自己有些任性。

「不論是否有愛的陪伴，妳其實很清楚知道最終都是需要妳自己去做出選擇，在低潮時沒人能替妳站起來。」

「我只是需要協助，我並不覺得需要別人的幫忙是可恥的。但我遇到的人不是嫌棄我傷口難看就是嘲笑我努力求救的樣子，甚至得到責備，責備我不能以愛之名化解，愛既使崇高也不該這樣被濫用，有時候我根本聽不懂這世界的語言，難道他們都看過動物受傷還不會嚎叫嗎？傷口不長在他們身上憑什麼這樣要求我。他們只想看見自己想看到的，我又不是機器人，按個按鈕就能格式化重拾笑容。」艾麗雅停了一會兒後繼續說道：「我在本應該是安全的地方受傷，這讓我感到難過；而不論是親近的人還是專業人士，也都沒有人真的聽見我，這讓我感到很失望。真的。在我接觸到的社會裡，好像一定要活得很勵志，等你獲得了成就才會被聽見，才『有資格』被聽見，我認為這並不公平，對於一個無力阻止壞事發生的人並不公平，有些人根本就活不到翻身的機會。」

「親愛的，妳對於妳所遭遇的事情感到無力，妳在墜落卻沒有人接住妳，我知道而我並不否認。」

上帝突如其來的坦白讓艾麗雅冷靜了許久。

「至少有一點妳沒讓我感到失望。」上帝突然說道。

「喔？說來聽聽。」

「這個嘛！我很清楚我創造了什麼樣的世界，妳認知到的『事實』，我很訝異妳沒有試圖傳遞給他人。」

「這不是為了誰，確實曾有人警告過我，但我不信，應該是說，雖然在我身上驗證了，成了不爭的鐵證，但我說不出口也做不到。當然，我也不會說出相反的話，那是說謊。」

「妳看，我說過妳與眾不同。」。

「我對此沒有特別努力什麼，我所努力的始終得不到。」

「親愛的，妳需要知道，我一直都是人力不足的狀態，我以為妳當初離家，是想要好好遊玩屬於妳的人生，我怎能輕易插手呢？妳去日本的時候不也是突然下定決心，離開妳待得好好的公司嗎？再者，妳都已不是新手天使下凡了。」上帝似乎開始指責起來的說道。

「我當時感覺玩膩了。」艾麗雅有點膽怯地回覆。新手天使，前好幾世還可能保有些許快樂的童年，畢竟上帝造的天使的確很強大，但十幾次、二十幾次後，人世間的陰錯陽差、人情冷暖，到最後遍體鱗傷的、哀怨、埋恨的、認真過頭的會有，而本能依舊的卻少有。「我感覺很孤獨。」艾麗雅繼續自顧自的說著，艾麗雅無法理解，當惡行變得普遍時，為什麼求救就會因此變得廉價。

「妳後悔了的意思嗎？」上帝突然一語道破，並遞出了當初所簽的合約。

艾麗雅看見那纖細像骷顱的手指，再次質疑上帝雙胞胎的身分，看著熟悉的筆跡，艾麗雅沒說話，或是說不知道該說什麼，艾麗雅的確是不後悔，艾麗雅本身的目的就只是想來人間玩的，光是看是體會不到的，這世界上連同天堂和地獄，都沒有所謂的真正的同理心，你的犧牲奉獻只有你自己清楚，再怎麼樣都不會有人與你有感同身受，這是上帝最初設計的理念核心，若不是每個人都即興發揮，質疑上帝的存在，這場大戲要怎麼精彩不間斷？

艾麗雅只是在人間活得很不開心，沒有關愛的人生，就像每道料理都沒有調味一樣，餐餐吃不會死人，但你就是習慣不了，不被理解、不被重視，即使是身邊的人知情，也無人出手救援，這讓艾麗雅有時候不知道如何面對眼前的人，甚至感覺自己活得很丟臉，最後只能選擇逃離、放逐自己，但切不斷的線，始終把受害者和加害者綁在一起，這讓艾麗雅活得很掙扎。

「妳接下來還要到另一個攝影棚去，那裡需要妳的獨特。」上帝說。

「我還要趕場？我對你來說只是根火柴嗎？喔！我的獨特是指我不會拆穿你是吧?!」艾麗雅對於上帝的脾性逐漸熟稔，但仍不免感到訝異。

「妳不會選邊站，親愛的，這是妳最大的好處，續約也會對妳有好處的。」上帝接著說，並再次指向了艾麗雅手中的合約說：「何況，妳才去了三十年，妳知道反悔的下場。」

「我消化不了你給的痛苦。如果我往後人生就像是一個個開潘朵拉盒子的話，活著還有什麼意思？剩下的希望都只不過是長期戰役裡還沒攻打前的和平假象而已，我已經很努力了，但我那時候始終走不出過去的牢籠，自己打造的牢籠，我心中依舊充滿著憤怒、害怕和悲傷。而悲傷是把溫柔刀，刀刀劃開我內心的深處，也靜靜、隨意地切破我心中被灼傷而長出的水泡，無差別的在我體內環遊世界般遊劃著，我只在內心裡看見滿地滿灘的血，淹沒了胸腔，卻找不到傷口在哪，也找不出到底還有幾把刀在隨意勾勒起我過去的傷口，我只想被珍惜，我想體驗被愛的感覺，這是我一直都沒有感受過的，不相愛，即如死滅，不是嗎？」艾麗雅一下說了一大串的話，最後激動的把真心話也一併說出。

上帝沒說話，或是說，祂在等著艾麗雅說話。

「痛苦即是幸福？」艾麗雅突然想起了些什麼而脫口而出的說，把自己也給嚇了一跳。

「不然妳要怎麼體驗這趟旅程？沒跌入谷底深淵，妳怎麼發現我在夜裡創造的星河？」上帝提起自己的好意，不禁露齒展笑。

該死，真該死，關於這裡的一切幾乎都想起來了，就這句沒想到，當初連同劇本一起拿到的說明書和聲明稿等，上頭都有這句話，只是很小，小到跟詐騙一樣！——「投胎一定有風險，請記得痛苦即是幸福，請珍愛生命、暢遊人生並詳閱合約說明書。」

上帝繼續接著說。「我其實也不全然都沒看照妳，我有派個新生的天使去幫我傳達。」

「什、麼？誰？」艾麗雅一臉狐疑並回想了一下說：「我那沒有出世的孩子？」

「是的，妳忘了本能，忘了妳的職業精神，妳甚至不再畫畫了，《遊生》竟然是妳後來唯一的藝術創作。」上帝說。

「她說我太笨了。」艾麗雅說。

「對，妳太入戲了，妳弄丟了自己，這樣會讓我失去妳的。」接著祂帶點興奮的語氣表示：「再說了，妳的粉絲增加了不少，我還需要更多經驗豐富的演員。」

說到了艾麗雅自己的女兒，艾麗雅兩眼逐漸陷入了沉思，艾麗雅記得，當初已經在夢境裡說了再見。再見？算是第一次見也是最後一面吧！

醒來後來艾麗雅還是放不下，所以艾麗雅準備了一個大信封，裡頭放了一條和艾麗雅身上一樣的白色馬蹄鐵墜鍊。在西方有一說，將馬鐵蹄送給他人能夠為對方帶來好運，還有一張車票，艾麗雅希望之後還能再見到面，無論什麼形式都可以，所以艾麗雅給了一張單程的車票，至少，也許能讓艾麗雅再見到她，即使只有一下下也好。艾麗雅也沒有給任何承諾，不管怎麼說艾麗雅實在沒有臉跟她要求什麼，當下只是給自己一個微薄祝福她的機會。隔年，艾麗雅有幸到了默散島去生活，第二年時，艾麗雅住在當地的朋友家裡，他們家有一位剛出生不到半年的女孩子，模樣漂亮又可愛，不過胸前卻有一個血管瘤胎記，紅色突出的血瘤，形狀有點像英文字母U，且剛好在掛項鍊的部位，不禁讓艾麗雅想到自己的小孩，那個位置、那個類似的圖案、和單程車票，一張約一年左右的單程車票準備要到期了，與他們一起生活一年後艾麗雅不得不轉工作到其他縣市，而她胸前的血管瘤像是為了讓艾麗雅認出一樣，在艾麗雅離開後她還不到兩歲，聽說就迅速地消了一半以上。

艾麗雅知道回國後就很難有再見她們一面的機會了，雖然偶爾會電話保持著聯絡，偶爾會看見社群軟體上那女孩成長的模樣，很有個性、她向來如此，除了生理有需求，沒事都不會特別哭鬧，像極了當初在夢裡，她說完話後轉頭就走的態度。她什麼都不怕，好像根本就不知道「害怕」是什麼一樣，或是一切都在她掌控之中般，什麼都往前衝刺，看到蟲就直接抓，看見海水就跳下去往海裡游，不到兩歲就是個潛水小健將。不到五個月時艾麗雅單獨跟她一起洗澡，因為艾麗雅的疏忽讓她從浴缸上摔了下來，沒有重傷但頭腫了一個大包，哭得也很淒慘，當她一歲快半時，是艾麗雅第二次跟她一起洗澡，但是不管艾麗雅怎麼幫她洗，她堅持不肯讓艾麗雅放她下來，即使一起到了浴缸裡，也是緊抓著艾麗雅要艾麗雅抱著她，這讓當時的艾麗雅感到非常困惑，平常看她母親給她洗澡也沒這樣，甚至拿著蓮蓬頭對著她的臉沖，她都不會表現出不安。晚餐時，艾麗雅突然想到，也許她還記得半年多前因為艾麗雅的疏失，而慘跌落地撞到頭的事情，她記得當時她受傷了，她知道是艾麗雅沒給她顧好才釀成的意外，但她進而想出了解決辦法，就是——「要一起洗澡可以，但別放手。」她的聰明，真的讓艾麗雅感到印象深刻。

艾麗雅也很常和他們一起去海邊玩水，當她一歲多時，她的母親曾經大膽地抓著她腋下，然後就這樣直直往下讓她整個身體淹入海水之中幾秒後再抱起來，她一點都不害怕，反而對這個新玩法樂此不疲，在海底裡拍出來的照片可愛極了，一隻小手摀著嘴巴，藏不住笑意似的，睜著眼睛，望向與她同在海水中的母親。還有，當她開始發現自己可以站起來時，艾麗雅也在場，看著她拚命的不斷練習，不停地跌倒又站起來、努力靠兩隻腳站起後，撐不到幾秒又跌到，但是她又馬上準備站起來，這次兩秒，下次五秒，偶爾比較久是站穩了將近快十秒，她的動作就像是在測體適能時要踩階梯上上下下般，很累、很喘，但她幾乎像是愛上這個她剛發現的新技能般，開始沉迷於其中，即使雙腿已逐漸顫抖無力，開始要花久一點的時間用腳撐起身體邊發抖著，臉部也開始扭曲、脹紅得像是在上大號般，使力的要撐起上半身，她依舊是試個不停且樂在其中，因為喜歡，所以不感到疲累似的，完全沒有打算要休息。艾麗雅親眼見證一個孩子的成長，艾麗雅感到很感動，不自主的淚水占據了艾麗雅的眼眶，再看見她胸前的血管瘤胎記，艾麗雅好愛她，艾麗雅喜歡這一次的回馬槍。她的出現讓艾麗雅體驗到了艾麗雅原本體驗不到的感受，身而為父母疼愛自己孩子，以自己孩子為榮的感受，以她的個性，對於學習其他事物來說，絕對會是潛能滿滿。「我愛她」心中是如此地肯定著，這種感受，這些長期、會陪伴艾麗雅一輩子的感受，是艾麗雅額外賺到的，這個甜美果實的甜，將會餘韻一輩子。

雖然一開始不是艾麗雅願意有孩子的，但艾麗雅自己也有錯，錯了很多很多，才會跌入谷底，現在雖然分隔兩地且毫無血緣關係，艾麗雅還是感到自己有時候很想念她，看見她在她母親及她整個大家庭的照顧之下，充滿愛的生活，讓艾麗雅感到很欣慰，很替她開心，那是一位孩子值得、該有的生活環境，在有愛的家庭裡成長，在功能健全的家庭裡被受珍惜著，讓她盡情地去享受愛與被愛，享受身邊的大自然給予的擁抱，保有著她自身的個性成長著。艾麗雅只要想到她，胸腔就會跟著充滿著愛，充滿著溫暖和力量，緩和了艾麗雅內心的那些熱水。艾麗雅感受到了作為一位母親，本能愛自己孩子的感受，遠遠的靜靜地愛她，祝福她，不打擾地愛著她，艾麗雅知道她會過得很好，未來也會很好，且她很安全。

而或許，她的出現，從一開始的出現到真實的可以擁抱她入懷裡與她玩耍時，都是在提醒著艾麗雅原本的樣子可能就是像這孩子一樣，無畏無懼、大膽的接納周遭一切，享受著自然的懷抱，享受著家庭的愛護，隨著她的母親一同踏進海底的世界裡成長著，跟著她的家族駐營在山裡過夜學習著生存，無論是山或是海，她都依著她自己本能的性格，熱情地發揮在其中，與其他玩伴玩耍時也自然的參與在孩子們的社交人群裡，用著平常心卻又膽大的學習心去享受她的童年生活和未來的人生。眼前的這個她，的確是拉了艾麗雅一把，告訴艾麗雅，人生可以這樣過，也或許人生本就該這樣過，這才是旅遊人生的真諦；而艾麗雅曾是她母親，也許，她的樣子，也就是艾麗雅本來的樣子。

痛苦即是幸福，如果艾麗雅有機會再選擇一次，選擇要不要出生於這個沒有愛的家庭裡，選擇這些會對艾麗雅自己造成一輩子陰影的痛苦童年，艾麗雅的答案是肯定的，艾麗雅還是會選擇這個家，來體驗痛苦，這不是因為艾麗雅上輩子用了特權去當了飛蛾，這輩子才會這麼想撲火的前本能反應。只是，潮起潮落的人生才能狠狠地玩個痛快、在低潮時靜悄悄醞釀甜美，在將來高潮時發現它的存在並收納在心裡頭享受餘味。不活在過去的陰影下；不活在別人的課題中，才能找到自己做真正的主，身為一位名演員，上帝給的都是在磨練艾麗雅的演技，入戲太深對艾麗雅的確是損失；作為這齣戲的「人生旅遊者」的角色，艾麗雅不能因為在人間有不愉快的經驗而討厭人間這個地方，這並不符合一名旅遊家的角色精神，所以艾麗雅想繼續活下去，艾麗雅想繼續挑戰自己可以玩到什麼時候，看能找到多少過往就開始釀造的果實、等著發現還有幾回精彩的回馬槍。

再說了，上帝喜歡大家即興發揮，所以艾麗雅把握自己任性又自由的時光來玩，賺點旅費可以過日子就已擁有基本的資本額了。在艾麗雅的演藝精神裡，讓自己跌入深谷，因苦而日益增強的墮落感，讓自己感受到痛，就認真地痛進心坎裡，想哭，就讓淚水流出，艾麗雅也會告訴自己有放棄的權利，騙騙自己、誘惑一下自己好讓自己壓力小一些，但艾麗雅知道要站起來，艾麗雅總是明白，就像艾麗雅的孩子，知道自己總要學會站起來，而且很享受學習站起來的時刻，所以擁有哭的機會時，艾麗雅會用力地哭，擁有生氣、埋怨的權利時，艾麗雅會深深地去好好體驗這些情緒帶來的感受，當這些拖著艾麗雅站起來的負面能量全都脫離艾麗雅心靈時，就是艾麗雅要站起來的時候，不管要跌倒又要站起來幾次都一樣，這才是最重要的，可以憤怒、可以怨恨，但就是不要忘了站起來。這才是一齣戲裡精彩的轉折點，這才是在人類限有的人生裡，會不斷經歷的過程。

而這一次，艾麗雅不是只有自己一個人，艾麗雅有自己愛的孩子，即使她長大後也許會不記得艾麗雅的存在，不記得艾麗雅曾參與過她的童年，不記得艾麗雅哄她入睡、餵她吃飯和一起洗澡、主動過來抱著艾麗雅撒嬌的日子，但她還是讓艾麗雅充滿力量，艾麗雅想繼續看著她成長，看著她快樂，看著她保持著她原本的性格成長，這也讓艾麗雅想站起來去面對自己，找回原本未迷失的自己，願意徒手拔出那些長久扎進心裡的刺，並用針刺破那些該破了的水泡，然後拿起紗布，吸乾所有髒水、血灘，吸乾掛在心室、心房和心臟周遭動脈上的血液，找出傷口，保持乾燥，讓乾淨的傷口有自癒的機會，然後再去面對在世間的處境，雖然艾麗雅不知道醒來後有什麼計畫，但就像艾麗雅當初果斷決定離職穩定工作隻身前往日本闖蕩的心一樣，毫無計畫也沒有事先做功課，只有抓緊機會，沒有計畫又何妨呢？不知道接下來會遇到什麼、會發生什麼的未來，這才刺激、驚喜不斷且能握住全權主宰自己人生的力量，發揮本能，面對自己的蛻變，去過好自己的生活，過好屬於自己的人生。所以，艾麗雅才不管幕後安排或是螢光幕前的觀眾怎麼想，艾麗雅說出心裡想知道的疑問。

「我成功了嗎？」艾麗雅說。

祂抬起頭，艾麗雅微微看見有幾條線在祂臉龐上動著，祂細細嗅了嗅空氣認真聞著並伸出一隻手，動了動食指後說：「這個嘛。妳已經很接近當初妳離家前的樣子了。」

「那我還活著嗎？」、「我想活下去。」艾麗雅心裡接著這樣說，但又有種不夠貼切的遲疑。在艾麗雅得到回覆前，艾麗雅的餘光從窗戶中撇見了那屋裡唯一的木桌上，多了一封信封。

「那很重要嗎？妳總是嚮往著死亡不願意貪活不是嗎？」

「我想，垂死的掙扎，會很符合你要的真情流露。」

上帝大笑著說：「妳知道我的事情太多了，看來我光是清除你們每次演出前的記憶是不夠的。」上帝又繼續笑著，笑得不合時宜，笑得不懷好意。

接著上帝突然情緒激昂，雙手揮舞著說：「妳不只是在遊玩妳的人生旅程，妳是擁有靈魂的。」艾麗雅感受到最後一句的激動不容被冒犯。接著上帝閉起嘴、雙手一攤，又露出一副嚴肅的樣子繼續說：「妳真正要的，是什麼？」上帝質疑道，直直戳進艾麗雅心底。

「我想，我只是想回家。」艾麗雅說。儘管祂前頭說的最後一句別有意思，艾麗雅這次說出更為貼切的心願。

艾麗雅這趟人生中感受到的這些強烈又輕飄淡無痕的各種情緒，如同一杯好咖啡會隨著溫度下降而展現出不同層次的味道；好酒也會隨著時間的醞釀越醇厚、帶勁。艾麗雅相信著自己，相信自己能把香醇底子的味道給抽取出並使其散發出來，讓自己過得舒服。當花瓣一片又一片展開，隨之而來的也跟著散發出淡雅、清甜的花香味，最外層的花瓣全部展開後緊接著就是內部裡的下一層花瓣，每一層展開的花味都會有所不同，但卻聞入鼻腔裡，吸進心裡，餘韻在自己內心深處。

或許會有一天，在艾麗雅家裡的牆上有那麼一張照片，艾麗雅的孩子會拿著生日得來的禮物——立可拍相機，而艾麗雅與伴侶一起在夕陽西下，坐在碧藍海邊的沙灘上，另一伴抬著頭讓艾麗雅專注地為他刮著鬍子時，一隻海豚從蔚藍的海面上竄出，在誰都還沒意識到的時候，孩子便按下了按鈕，海豚停在了他們的頭上，記錄了艾麗雅與伴侶間最浪漫的時刻。

上帝似乎聽到了艾麗雅心裡的盤算，然後微笑了一下說：「如果這是妳所嚮往的，妳便會如願。」並指了一個方向，一個紅色箭頭的路標，艾麗雅跟著路標走，經過了柵欄眼前有一扇門，白色門口有兩根白色石柱，艾麗雅緩緩握著門把片刻後，抬起胸來把門推開，邁出大步的步伐走了進去。

3 C

潘妮曦和吳進孟來到了一個郊區看見一棟很美的兩層樓獨棟套房，他們經過一片種滿花的草皮，在草皮外圍的部分則是種上了許多品種不同的櫻花樹，遠看如一片生氣蓬勃的花園，近看後發現一個小招牌——「C shop」，吳進孟的神色看起來很緊張，假裝咳個嗽、清清痰，整理一下衣服後按了門鈴。

「嘿，你在緊張嗎？我看你偵訊時的口氣和台風挺穩的呀，難不成你是第一次不在自己的地盤詢問有關的人士嗎？天啊，你也真是太可愛了。」潘妮曦的語音剛落，門被打開了，潘妮曦的笑容僵在那，吳進孟則定格住了。

一位纖瘦高挑、白皙皮膚、大大的眼睛再配上一頭有著自然捲的中長髮和充滿貴族氣質的女人說：「嗨，請問你們有什麼事嗎？」潘妮曦用手肘撞了一下吳進孟，吳進孟回過神來拿出他的警徽說：「請問我們可以進去嗎？」女人覺得這話是不是漏了什麼，但還是開了門讓他們進來。

潘妮曦和吳進孟的眼神都偷偷的在仔細觀察著眼前這位女人，「我們是要打個電話給醫院，還是直接問她的名字？」潘妮曦說。

吳進孟沒回答。跟著女人到客廳坐下，「請問你們有什麼事嗎？」女人說道。

「您好，我是吳進孟，這位是我的搭檔潘妮曦，我們來是想了解關於艾麗雅的事情，我們在她的家中發現了這裡的地址，請問妳認識裡頭這位C小姐嗎？」吳進孟說，並把手上信件遞給對方。

「是的，我就是。」女人說。

「請問妳跟艾麗雅是什麼關係呢？」潘妮曦忍不住情緒問道。

C笑了，「這還不明顯嗎？世上有長的那麼像的兩個人嗎？我們是雙胞胎。」C說。

「但是，怎麼會呢？」潘妮曦繼續說：「不好意思我們調查的資料裡都沒有妳的存在。」

「我有張超音波照片我寄給她了，妳們若不相信，其實可以去查一下當時我生母——艾麗雅的母親懷孕時去醫院檢查的相關資料，我只存在在那個時候。」C說。

「什麼意思？對不起，可以麻煩從妳知道的開始說起嗎？」吳進孟說道。

「這說來話長。」C說。

「這就是我們來的目的。」吳進孟說。

C陷入沉思，彷彿在想該如何說起好：「我其實知道總有一天你們會來，但我還是很好奇你們為何會來。」

「你們早就知道彼此了嗎？」吳進孟說。

「不，應該是說，我很早就知道我姊妹的存在，但開始有聯絡是最近這幾年的事。」C說完，一個小身軀出現在客廳旁，一臉剛睡醒卻又還想睡覺的樣子，是位男孩。

「噢，親愛的，對不起，媽咪在和很重要的朋友說話，你可以回去自己睡覺嗎？」C說。男孩一臉不悅但還是拖著他那小被毯回房了。

「不好意思，他是我兒子。關於艾麗雅，」喊出了自己姊妹的名字，C深吸了一口氣後繼續說：「我母親在我還很小時便時常跟我說，說著我的身世。我父母一向都很坦白，他們說打算懷孕的初期並不是很順利，甚至嘗試了人工受孕，卻始終沒有孩子，就在他們放棄後的幾年他們自然地懷孕了，一個男孩，但卻在六歲時意外去世，我父母受不了打擊，兩人的感情也開始出現裂痕，尤其是我母親，她說是我救了她。」C說。

「怎麼說？」吳進孟問。

「她說有一天晚上她與我父親吵了一大架後便直接離家了，失去理智的她來到河邊，打算去找自己的兒子，當她一步一步慢慢踏入河中，身上的衣服隨著河水沾溼而變得沉重，重到一切都要來不及時，她聽見了嬰兒的哭聲，她便開始找尋聲音的來源，就在不遠處的前方，一個籃子裡沿著河邊緩緩跟著河一起漂流著，我母親緊張了起來，她想回去岸邊阻止籃子往下游去，她奮力地走回去，中途還一度跌落水中，就在這個時候，她聽見了我父親的喊叫聲，她邊走，邊試著回覆丈夫的喊叫，當我父親發現她在河中央時，焦急的想直接跳入河中去救我母親，但我母親則喊著先救在他眼前的孩子，我父親把我撈起來後，便奮力地拉著我母親回到岸上，兩人在河岸邊看見我，還是剛出生的樣子，和一個沒有封口的信封，裡頭是張超音波照片，上頭有兩個人。」C繼續說：「他們說他們在那時候便開始便把我當親生孩子撫養、教導。」

「艾麗雅知道你們之間的關係嗎？」潘妮曦問。

「我還沒來得及告訴她，我的工作是一名旅遊編輯，之前住在英國時有經營過部落格，她注意到我寫的文章，時常在文章底下留言，原本我不是很在意，認為只是普通粉絲，後來我無意間發現她的大頭貼竟然長得跟我一模一樣，確認是她本人後，我就知道她是誰了。」C說。

「那你們是如何成為筆友的，她難道沒有認出妳嗎？」潘妮曦問道。

「我從不在網路上露臉的，那只是我記錄生活用的工具而已，至於筆友關係，也是我認出她之後主動跟她示好才有機會成為筆友的，我不想要很唐突的出現在她的生活裡，通信這種方式最溫和了，而她也剛好喜歡這種信件的來往，她很嚮往西方中世紀的書信方式，寄回來的每一封都蓋有封蠟章，我順勢就跟她分享了很多在英國時沒寫進部落格裡的生活趣事，例如那時候在英國某個溫暖的地方待久了突然要到只有2度的地方會突然分不清2度和20度的差別，或是食譜，我教了她很簡單道地的炸魚薯條、牧羊人派等等。你們等我一下，我拿給你們看。」C說完便起身走進房間。

「嘿，記得在你的小本本裡記下有人棄嬰這件事。那張超音波照片，和當時醫院的紀錄。」潘妮曦說。吳進孟無奈地看向潘妮曦，但潘妮曦並沒有想理他的意思。C很快就回來客廳並拿著一疊信封，封口處全都是C所說的封蠟章，甚至每張信紙簽名處也會有一個封蠟章。

「信中有提及到私人情感的部分嗎？」吳進孟接過一疊信紙邊翻邊說。

「生活瑣事居多。其實我發現我們有很多默契存在著，我買了桌子後她下一封便詢問我桌子去哪買好，有沒有推薦的店家或牌子；我沒主動透露過我的工作，但她剛好也對這方面工作感興趣，我就給了她一些方向，分享經驗談。我們聊得很愉快，跟彼此分享在國外的生活，她開始越來越憧憬英國，甚至考慮下一步要計畫去英國。」C說。

「後來妳們見面了嗎？」吳進孟說。

「嚴格說並沒有。」C說。

「什麼意思？」吳進孟問。

「我從新聞上看見她脫離危險後有去探望她，這樣算見面嗎？」

「妳待了多久？」吳進孟問。

「一個早上左右吧，事發後第二天早上，她剛脫離險境的時候，我沒明確地跟她說我是誰，我想等她醒了之後再正式跟她介紹自己，一個人說話很奇怪，但想起我們在信中就已經算認識了，我就抱持著寫信分享的心情繼續跟她說她喜歡聽的，雖然她沒有反應，但我還是用手機撥放那時候我和朋友去大笨鐘景點旅遊的影片，在信中她有提到她還特地去二手店買了個英國大笨鐘，我想實際播放給她聽也許會有幫助，這樣說很奇怪，但看到跟自己長得一樣的人躺在床上，不知不覺就什麼都想讓她能感同身受。」C說。

「妳們這樣來往有多久時間了？」潘妮曦問道。

「我不確定耶，如果從部落格開始接觸的話，也許有幾年了吧，一開始我沒特別注意她是誰。但如果說比較密切聯絡的書信的話，有半年以上了。」

「妳是因為她而回國的嗎？」潘妮曦說。

「不算是，只是剛好而已。待了幾年後想到我唯一的親人還在這裡，而我還不認識她，雖然我那時候根本就不知道會不會遇見，但她是我唯一的親人，回國就是遇見她最大的機會，也就是在那時候突然發現她的身分。」C說。

「為什麼妳會說知道我們總有一天會來？妳知道什麼事嗎？」吳進孟說。

「噢！這又會是另一個故事。」C說。「我愛我這位親姊妹，從知道有這位未見過面的親人，到真的和她有了聯繫，這一連串的發生都讓我感到很期待，越期待就越是很難找到適當的切入點。」

「妳怕搞砸是嗎？」

「當然，妳認為我該用什麼身分去醫院看她呢？在沒有證明的情況下，我們只是長得很像而已，我突然出現可能會讓事情變得更複雜。何況……我原本已經打算跟她相認了，在上一封信裡我已經把我們的超音波照片寄給她，打算要見上 面，我沒想到會是見到安安靜靜的她，也不知道她到底看了沒有。」

「請問是這張嗎？」吳進孟拿出那張小張紙裡頭記錄著兩個生命的超音波照片。看見熟悉的東西從陌生人手上拿出，C顯得有些不太自在，「對，是這張沒錯。我其實在信中沒有明講，這種事很難用言語說得清楚。」C繼續說：「但怎麼在你們警察手上呢？」

「我們正在釐清她墜樓原因。」吳進孟說。

「我的天，不是真的對嗎？她不是自殺的對吧？」C說。

「妳時常到她的住處嗎？」吳進孟問。

「什麼？不，我是知道她家地址，但只去過一次，繞遠路經過看一下而已。」C說。

「妳是什麼時候去的呢？」吳進孟問。

「也許是兩個星期前左右吧。」C說。

「妳有注意到什麼不尋常的事嗎？或是其他人？」吳進孟問。

「沒有。只是路過。」C說。

「信件呢？」吳進孟問。

「你們手裡拿的是我寄出去的最後一封。你們調查得怎麼樣了？她有看過這封信嗎？」C說。

「我們還不清楚。」吳進孟說。

「怎麼可能。信件有沒有被打開就會知道了不是嗎？」C一臉吃驚的說著。

「我們無法保證。請問是什麼樣的時機點妳打算把真相告訴她呢？」潘妮曦岔開話題。

「我是她『其他』家人，這就是原因，我希望有機會出場在她的生活裡，我已經準備好了。」C說。

「妳在她住處或是醫院，有看見過她男友嗎？」吳進孟說。

「我想沒有，她總是一個人，信件裡也沒有聽她提起過。」C說。

「好，我們會把這些信件帶回去作調查，C小姐？」吳進孟這才意識到自己還沒問過她的本名。

「這是我的名片，C是我部落格用的名字Cassandra[1]的縮寫，取自希臘神話裡的一個角色，提醒著我要當個善於聆聽的人。」C看了一眼吳進孟後繼續說：「你們知道要去哪找我。」

「好，這是我的名片，妳有想到其他對案情有幫助的話，麻煩打給我，謝謝妳。」吳進孟說。

當潘妮曦和吳進孟準備起身離開時，潘妮曦看見他們剛剛坐的沙發座位牆上有一幅畫，一個女人穿著純白色的連身裙，帶著一頂優雅的大帽子、裹著赤腳，徑值得走向一個大房子中的背影，潘妮曦覺得莫名熟悉並說：「嘿，可以請問一下這是哪裡來的嗎？」

---

1 Cassandra中文譯卡珊卓、卡珊德拉，為希臘神話中特洛伊的公主，因阿波羅而有了預言的能力，而後又因抗拒阿波羅，使得說出來的預言無人相信。在此故事也隱喻著當事者承受著痛苦卻得不到理解和認同，而被稱之為「卡珊德拉症候群」。

「我夢見的，在事發沒多久，我夢見一個女人的背影走進一間比我們家更壯麗的獨棟豪宅，雖沒看見正面，但我知道是她，那裡是一個小莊園，有一片花園、水車和一棵大樹，我看見她走近那棟房子裡，我想喊她，但她已關上了門。我感覺她離我很遙遠，她似乎根本就沒有聽見我的聲音。」C繼續說：「醒來後我就把它畫下來，深怕會忘記，忘記我有這一個來不急見面的姊妹。」

「我們會查清楚並證明妳們的身分的，妳就不用再偷偷見她，妳有資格去探望她。」潘妮曦忍不住說了這個承諾。但C不在意地說：「謝謝妳的好意。」

後記

在許多年前我看過的一部定格動畫叫Coraline，改編自作者Neil Gaiman的同名小說，裡頭其中一個角色說道：「Now you people have names. That's because you don't know who you are. We know who we are, so we don't need names.」我覺得這句話非常有意思，後來逐漸改變了我的思想，最後也成為整個故事的基礎。

當我著手開始寫這故事時，我還在國外生活，突然一個念頭讓我思考著若是死後遇見上帝，這位傳說中的造物者會跟我說什麼，因此第一篇章的雛型就出現了。接下來的劇情創作就像在紙和筆之間，找到了故事們的居住地，我只需要透過手和筆的書寫，就能從紙的另一個世界裡把他們撈出來，像挖到水源一樣，字數因此漸漸地變得越來越多，讓原本只是記錄與上帝的對話意外變成了小說形式的走向，突然意識到有可能變成小說時，我便試著朝這個方向開始努力。能成為一本小說，一切都是一場意外，這過程中感謝定居在國外的表姊從未懷疑過我，使得這場意外變得更有趣。

最後，借此書紀念我兩位已故的家人。

親愛的表弟，上帝需要你、神明不捨得你，才會緊急把你召回，即使你這回人間的劇本相當短暫，還是留下了令人深刻的存在。

以及，敬愛的桃爸，與你一切的美好起源於一場誤會，某天想湊熱鬧的我去了你家串門子，你誤以為我是去找你的，你的開心敲定了日後我們每天散步的行程，而在國外生活時，我便用原本與你散步的時間換成寫信陪伴你的日子，我始終保持著每月同樣的頁數，以免你因為多了一張信而高興不已，我就要為此煩惱，難忘的煩惱，可愛的煩惱。我曾看過一句話：「你的任何行為都具有影響力」敬愛的桃爸，我會懷念你的聲音，你的笑，與你一起散步和通信的日子，懷念關於你的所有美好，你的影響會在我身上活下去，我影響著周遭的人，而你就會一直都在。

釀小說128　PG2875

傾聽我，接住我

作　　者　子　瓏
責任編輯　楊岱晴、尹懷君、劉芮瑜
圖文排版　陳彥妏
封面設計　吳咏潔

出版策劃　釀出版
製作發行　秀威資訊科技股份有限公司
114 台北市內湖區瑞光路76巷65號1樓
電話：+886-2-2796-3638　傳真：+886-2-2796-1377
服務信箱：service@showwe.com.tw
http://www.showwe.com.tw
郵政劃撥　19563868　戶名：秀威資訊科技股份有限公司
展售門市　國家書店【松江門市】
104 台北市中山區松江路209號1樓
電話：+886-2-2518-0207　傳真：+886-2-2518-0778
網路訂購　秀威網路書店：https://store.showwe.tw
國家網路書店：https://www.govbooks.com.tw
法律顧問　毛國樑　律師
總 經 銷　聯合發行股份有限公司
231新北市新店區寶橋路235巷6弄6號4F
電話：+886-2-2917-8022　傳真：+886-2-2915-6275

出版日期　2023年6月　BOD一版
定　　價　280元

讀者回函卡

Printed in Taiwan

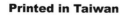

國家圖書館出版品預行編目

傾聽我,接住我 / 子瓏著. -- 一版. -- 臺北市 :
釀出版, 2023.06
面 ; 公分. -- (釀小說 ; 128)
BOD版
ISBN 978-986-445-810-3(平裝)

863.57 112005488